MW01113868

Fabricio Estrada

www.casasolaeditores.com

*La Era Pre Schumann*
Fabricio Estrada
Primera edición, 2021 ©
Diseño de Portada de Knny Reyes
Diagramación de Casasola Editores
128 páginas, 5.25" x 8"
ISBN-13: 978-1-942369-56-1
ISBN-10: 1-942369-56-5

Impreso en Estados Unidos
Derechos Reservados Casasola Editores, 2021

casasolaeditores.com
fabricioestrada.blogspot.com
@chaliobala

*La Era Pre Schumann*

Fabricio Estrada

Fabricio Estrada (Honduras 1974).

Ha publicado *Sextos de Lluvia* (1998); *Poemas contra el miedo (*2001); *Solares* (2004); *Imposible un ángel* (antología, 2005); *Poemas de Onda Corta* (2009); *Blancas Piranhas* (2011); *Sur del mediodía* (2013, México-Costa Rica); *Houdini vuelve a casa* (2015); *Blake muere en París a causa de un paparazzo* (antología personal, Puerto Rico, 2018); *33 revoluciones para Rodríguez* (2018) y *Osos que regresan a la radioactiva soledad de Chernobil* (Uruguay, 2029). Sus artículos de opinión han sido publicados en revistas impresas y on line de Iberoamérica. Integró el Taller de Poesía Casa Tomada (1993-1996); miembro fundador del Colectivo de Poetas Paíspoesible (2004-2008); miembro fundador de Artistas en Resistencia (2009-2011). En el año 2017 un jurado internacional le otorgó el Premio Nacional de Poesía Los Confines, el mayor galardón de la poesía hondureña, por su libro *33 revoluciones para Rodríguez.*

*Uno de los problemas es éste:*
*el corazón no tiene forma de corazón.*

Julian Barnes

# Las crónicas del Chiki

## 1. Chiki, vos no te dejés.

Es que el man es chirizo, se viste con yines cortados, te dice "hey, Chiki, páseme una bolita ahí", todos los días te lo encontrás y te pide que contés su historia de guindarse en los buses y pedir que la gente se corra a la otra punta de las calderas… el diablo ronda en La Ronda, sube hasta la Cerro, apunta su cola hacia lo que se ve en el centro de Tegus, una especie de isla exiliada… el diablo es todo un rollo Chiki, no dejés que se vuelva zalamero porque te pierde, te lleva a los puestos de vigilancia donde las banderas soplan para contar que viene la yustis, no dejés que te ponga el balde sólo preguntale la edad y luego callate, no le digás que se mira muy recontrahecho, como si dos edades pugnaran en el centro de su mirada, cada una de ellas queriendo ir a los fondos o a los altos de una apariencia de duende implacable. El alero te canta bachatas mientras raja al que pase ilusionado con su rimero de tortillas ya listo, aguacate con sal, tomate y sal, sal pura bien enrollada que ya no se masticará con tristeza o contra la pared ahumada a puro ocote, naaaaaa, el alero te canta mientras te pone un ziper cobrizo en la chira, silba de ladito y te abre el espumoso pan de los ijares. Sólo es de dejarlo estar, Chiki, dejalo que te muestre el algodón para taparte los oídos, las fosas nasales, lo que querrás meter en tus cuencas vacías después de abierto, pero no lo dejés que te de una nube rosa para chupar o un globo de aire inyectado en la sangre porque se frikea, manito, se pone al brinco y ya no solo se irá contra vos sino contra todo lo que se vaya reptando camino al Bosque haciéndose el de a peso con los pokemón, con todo su peso muerto hundiendo más su barco… al Chiki se le mete mirar los barcos desde lejos y no se le escapa ni uno por muy chalupa que parezca… y no dejés que te de la nube rosa, perro, te vas a sentir guasalillo y querrás caerle bien con toda la cara embarrada, pero neles, el Chiki se las sabe todas, todos lo han tentado y él ha tentado, con sus piernitas flacas y largas más largas que su sombra, entrando a las casa locas, saliendo de ellas de puntillas luego de reventar a punta de cuernoechivo al pobre san antonio que suspiraba. Fuera de kasaka, alero, el Chiki es bien jevi, nadie sabe por qué te hace la ponga cuando sale de él regalarte esa nube tan fresa, la cosa es que se malea y ya no hay nada qué hacer.

## 2. Vas como en Tron, flakito.

Ya te vi pasar. Tu tarea es la de tirar las líneas ¿verdad? Un punto invisible para los jetas, Flaco, tu propio punto de fuga. ¿Por qué no vamos huyendo todos de una vez y nos pegamos a tus patines y ya dejamos de estar dando vueltas sobre el ladrillo? ¿Por qué te ves tan libre cuando te perdés a toda madre y con la música de tus audífonos metiéndote más velocidad, cada vez más velocidad, cada vez más lejano?

Vas como en Tron, flakito, hasta se pueden ver los meridianos de este globo sonda que habitamos ya hechos caracoles o salamandras viscosas, felices nosotros de estar pegados a la oscuridad de las cuevas, sorbiendo las gotas de lo inamovible, así con nuestras lenguas pegadas a las ventanillas de los buses, pegados todos nosotros como estikers de alguna mala propaganda política sin futuro ni seguidores.

Pero yo te sigo a vos porque vos a nadie seguís, nadie te toca cuando atravesás las esquinas de los gatilleros que sólo alcanzan a decir ¡allá va el man de los patines!, mirá qué pijudo se cruza, se saltó los puestos de naranjas, se enganchó al bus y de un solo tirón fue a dar a la Kenya sin que los de tránsito lo ahuevaran. Ese man no se mete con nadie ni nadie quiere hacerle nada, mejor te dejamos para después, perro, ya te salvaste porque pasó el flako que fue tu ángel ahorita porque ya te iba a plomear y el flako como que lo deja con las tapas abiertas a uno, es como un silencio el que se lleva porque va en su pedo el man y avanza como ya quisiera yo hasta con los ojos cerrados, no importa la cuesta Lempira ni la bajada de Villadela, vale verga, cuando lo ves no vale la pena despachar a nadie, uno se queda sobando la cacha de la bomba y ya no quiere más que seguirte, ángel con ruedas, angelito desnutrido y todo, pero fibra y firme.

Tu onda es trazar la nueva ciudad ¿verdad flako? Un día de estos despertamos y vemos que las grúas ya comenzaron a levantar el paisaje, otra rimera de edificios nuevecitos que solo sirven para dar sombra a los ricos de la capirucha porque adentro salen huecos y los ascensores son como pistones del vacío. ¿Vos tenés pistones, seco? Al rato la máquina te bombea diferente, porque no parás, llegás hasta la medianoche, pasás por Bellas Artes deslizándote de espaldas, casi para ahuevarnos, maje, casi como un suicidio divertido o una palabra que se dice sin pensárselo dos veces y luego uno se arrepiente pero ya no hay vuelta atrás, te palmaron, te pusieron el balde donde se jala el agua más chuca.

Dame una caladita en esa libertad tuya, flako, no seás shasta, mirá que al verte siento que estoy clavado y retorcido dentro de una tabla de cajón, perro, y esto sí que purga, perro, esto sí que te pone al brinco, perrín.

## 3. Vos no brekiés, Tunco.

Te me venís pegando demasiado, Tunco, te me venís echando encima y querés que saquemos chispas. Ya te voy midiendo la chimadura y después no digás nada, así llevátela que ni vas a saber cuándo pegués el brinco. ¿No ves que la machin que llevás tiene los rines chuecos como tu risa de triste? ¿No ves que a puras cachas das para llamarte hombre? Aquí va gritando la carga, las doñitas rezan, las pintarrajeadas que se suben en El Centenario, los peritos mercantiles que se bajan con su almuercito bien revuelto de tanta vuelta que me estás haciendo dar.

Ya bajaste por Bella Vista y me la pusiste con la chepa, ¿creés que no lo sé? Vos, Tunco de mierda, fuiste el que me puso el balde con el pokemón de Tránsito, y sólo me acordé de que nunca nos dimos una buena insultada como para que me hicieras dar dos vueltas de una terminal a otra sin sacar nada para el monche. Pero ahorita me venís chimando los espejos y no te digo nada, yo solo le meto la pata al acelerador que pulsa en mi corazón que ya se me sale el corazón pero no voy a bajarte el gas hoy porque hoy se tiene que apartar el mundo, hoy no pongo los coritos aleluyas ni la Super 100 *teiks on mi* ni las noticias interminables, no, hoy nos vamos con las rolas queso y si nos damos en la madre que sea a buen tono y ojalá que no te quedés tieso del susto porque de aquí no le bajo, ni cobro un peso, ni pago la tarifa de la mara, ni de la chepa, ni del dueño del coster basura... aquí te la vas a ver con los carros de fuego y lo que se te ocurra pero tenelo por seguro que ni en la Calle Real me la ponés de nuevo, como cuando ibas lleno y decidiste bajar a la leña que cargabas porque pesaban y te gritaban y te distraían y así no podías competir conmigo que ya te llevaba cinco cuadras subiendo al Estadio.

Sos lo peor, Tunco, pero viéndolo bien sos vos quien me hace el día, el que me hace ponerle al tope sin fijarme que no soy el que parece una fiera sino el que se va a raspar los platos con dulzura de padre soltero que tiene la responsabilidad de siete en el lomo, uno para cada día, una espina para veinticuatro horas que se muerden la cola como las zumbadoras cuando se juntan. Vos sos, Tunco, el que me hace olvidar que el semáforo es un casino de tres lucecitas, que un día me dan luz verde y palmo como cualquier mosca que se le acabó el disel y aterrizó en la sopa de olla de los domingos.

¡Entonces a rayar el motor, Tunco! a rasparlo igual que nos raspamos de niños, cuando bajábamos la Bella Vista en las balineras y ya jugábamos a ser buseros cuando mirábamos pasar los rosmos rozándonos con sus llantas llenas de chichotes. Así que metete a fondo en esto, Tunquito de mierda, porque hoy no te dejo que llegués primero, ni que marqués la vuelta que da mejor tarifa. Hoy te jodiste, patuleco, hoy voy soplado de brekes, hoy me estrello contra el mundo si así me quitás la cuña.

## 4. Chiki, ¿cómo es el mar?

¿Regresaste, Chiki? ¿Y adónde fuiste? Te inflaste el neumático y le hiciste la bomba a toda la gilada que hacía hervir la poza, así me la pasaron, picarillo, te tiraste de las piedras desde donde se mira la carretera que va hacia el mar, y no te corriste, te hiciste un nudo y el agua chirpió hasta las prado que iban lustraditas con su moto de agua enganchada atrás, a mil por hora porque no querían untarse de las miradas que les tira la pobrería, la felicidad que parecía una horda de renacuajos apareándose.

¿Y quién se quedó con el encarguito, Chiki? Yo me anduve por Tepas que se quedó solita, pero no daban ni ganas de meterle el chuzo a nadie ni de asustar a las viejitas del santo entierro, perrón, era demasiada la hueva que da el calor y como que uno se pone triste porque ni a Moramulca le alcanza a llegar, entonces se queda uno sentado ahí viéndose los pies, imaginando una ola de fuego fresquito que viene y va meciendo las palomas que parecen barquitos de plumas bien bonitos pero que de repente le entra una rabia al triste y quiere tener un rifle de balines el triste aunque sea para hartarse una paloma asada o en sopa, y quiere salir corriendo con el tiner pegadito a la nariz jurando que se va a hartar a todos los pájaros que se le atraviesen, hasta a los zopes que se han tragado los ojos del chelito ayer por andar de sapo.

¿Regresaste, Chiki? Yo me quedé firmando las alfombras de aserrín de los chavalillos, mirá que recogieron las sobras y se hicieron unas allá por donde las putas de Los Dolores, ahí mismo donde parió la Yesenia que gritaba como loca porque nadie la ayudaba y sólo se le quedaban viendo como los que van al campo Motagua a ver los partidos los domingos, de arriba hacia abajo los muy cabrones que ni ayudaban pero querían verle las piernas hasta que llegaron los bomberos y se la llevaron, pues ahí se hicieron una alfombrita los guirros, a puras cachas, pero tenía colores y le dibujaron un mar azulito, Chiki, vos sabés cómo es el mar, dejate de cosas, perrón, vos fuiste hasta Cedeño, vos sabés los que es vivirla en medio de ese cachimbazo de mara que se fue y nos dejó solos en este cementerio.

¿Dónde fue que fuiste, papi?

## 5. Chiki, ni aún te despertés lo cambiarás, Chiki.

Todo lo que se puede soñar de más si no le prestás atención al despertador. Venís y mezclás los gritos que vienen en marea suave de la calle, unís los hilos que se escapan del sueño de tu mujer, los unís a los tuyos y tejés con él la figura del hijo, de la hija.

Por más que suene, no hay ninguna alarma, el mundo no se está cayendo y nadie te ha obligado a firmar el contrato de ponerte un resorte en el alma y tirarte así, sin más, con los ojos hinchados por tanta fábula inconclusa.

Todo lo que podés soñar, Chiki, sin esa desesperación insana royéndote el pecho, sin ese taladrar en los huesos y todas las chispas que saltan como en una fiesta china.

Por más que se espanten las palomas, tenés el derecho a soñar que volás al puro llamado de tu voluntad, cuando ves cornisas blancas y un paisaje extraño semejante a otro país que debés conocer algún día.

Nunca fue tarde –hay que reconocerlo- y nadie debe su vida a una tarjeta que el reloj perfora con chasquidos secos e indiferentes. Tac tac tac alguien clava una puerta desplomada por los años, tac tac tac, no es para vos ese morse misterioso que se vuelve tan natural como lo escuchado por un buzo que pasa los límites de la profundidad y aun así, continúa, en competencia por tocar el fondo donde brilla, tal vez, el número premiado 659 de la lotería.

Todo lo que se puede seguir soñando y vos venís, Chiki, y te tomás el costo de lavarte el cuerpo para entregarte limpio al forense, inmaculado, ya desayunado y meditabundo. Te subís al bus y así jurás que por diosito alguna vez viviste eso y que te lo están repitiendo como en el cine aquel de cuando ya sólo tenía tres películas de vaqueros, estrenadas una y otra vez a público lleno.

Suben todos los rostros ahora tan tiernos y familiares. Vos seguís pensando que llegarás tarde al turno, pero que bien valió darle ese abrazote a los niños y besar a Carmen como aspirando el olor de un jardín.

Has mirado que el chavalo se arregla algo en la cintura y que se para de pronto como a bailar en salón vacío. La inercia del bus te lo trae por el pasillo y te parece tan igualito al Clint Eastwood que soñaste antes de cantar los gallos, tan parecido de ojos al túnel oscuro por donde caías, antes de sonar la alarma, pero que ahora son gritos y el corre corre de la gente que se salta los asientos y sale disparada por las puertas mientras vos recordás que en realidad se te olvidó poner la alarma del despertador y que esa era toda la intranquilidad de la noche, ese dar vueltas y vueltas que desveló a la Carmen, y es claro que sentís que ahora alguien te despierta completamente después de buscar el pisto en tus bolsillos y vos negarte mudo a entregar la pistola de tu trabajo de washi. Tac tac tac, alguien sigue clavando o enviándote señales telegráficas que no podés entender por más que sepás que es para vos y que sólo vos has debido entenderlo.

Nunca fue tarde –habrá que reconocerlo– llegaste justito a ese bus número 659 ruta Tiloarque– La Sosa, puntual como nunca a la chamba equivocada, la chamba dura del chavalo, a su exótico oficio de plomazos y rabias mañaneras. Y él sabía que su trabajo era despertarte a bala viva exactamente a las 6 y diez de la mañana. Así era la cosa.

Vos te perdiste, él no.

## 6. Chiva con la polis, Tunco.

Polivalente como ninguna, toda preciada de sí misma, llega la polimara al polígono de la noche. Mientras afinan los fierros unos se entretienen con Apolliniere y su balazos a Lulú, silbando como viejos obuses nadie creería que son tan jóvenes como apolíticos, tan sencillos como un poliedro, tan polillas imantadas por una luz que sólo brilla en los túneles del fusilado.

Poliamorosa la polimara hace costumbre y miserere en fervoroso oficio de sangre. Politeísta lanza sus oraciones en todas las direcciones y éstas llegan a las puertas, a las techumbres, a las cocinas, bajo las almohadas, al callejón más oscuro, al santo más perdido llega la oración perdida, como si a través de un poliducto montado con ternura e ingenio la bala nunca pudiera desviarse, nunca abandonara al penitente que espera, desde el cielo, el instantáneo sueño que lo agarra lavando, comiendo, besando, jugando, con la boca abierta o apolillado por la espera –debe decirse–, sin apologías de ningún tipo, solo esperando lo que debe estallar de un momento a otro como lo hace la rosa del patio en la noche, sin aviso, sin testigos, solo roja y silenciosa, lentamente bella e irrevasable.

Cae la noche en el polígono de la noche porque hay diferentes noches en una. Es un edificio de muchos sótanos la noche, atestada de ropa usada que se revende en el segundo que cae el muerto, con sus orificios y manchas, el poliester atravesado, la polichumpa rota, la polibota rasgada, el polivoz lamento del responso que va a cesar apenas reviente el siguiente pasmo que viene uniformado y con el rostro cubierto, la polimara en su dilema de asistir al velorio o seguir disparando a diferentes distancias o a bocajarro, politraumática, poliserena, cosmopolita como en *CSI*, casi políglota, Chiki... pero no para tanto.

## ¿Quién duerme en los laureles?

Aquí estoy, en la fábula sórdida de un aburrido cualquiera, viendo una vez más a Robert de Niro apuntarse a la sien con su dedo ensangrentado. El cenital va como una nube y recorre los cuartos de la masacre. Jodie Foster es tan bella y llorona y Nueva York está llena de carros de policía bastante pesados y metálicos, nada de fibra de vidrio, sólo latones brillantes a cuyo alrededor se aglomeran los vecinos del Bronx. No sé quién es la chica que Robert mira por el retrovisor al final de la película, ya héroe Robert, pero ahora resulta que galán icónico de aquellos setentas magentas en que un taxista podía esquivar su destino de sicario anónimo de políticos y, en un giro inesperado, pasar a eliminar a toda una banda de proxenetas.

Recuerdo a un taxista que me contó una historia, aquí en Tegus, mientras su ojo derecho giraba como el de un papagayo de juguete. Raptado por una banda de requinteros que deseaban pasar a psicópatas, les suplicó que no lo mataran, pero los chicos querían probarse. Metió las manos y uno de los tiros le rozó el ojo derecho. Las otras balas sí que entraron y lo adormecieron en una supervivencia milagrosa que lo mantuvo fuera de la ruta por medio año. Hospitales y camastros entre tablas viejas de su casa. Esa fue la dirección que el coma le dio para que anduviera en sueños. Una vez que despertó se vio al espejo y su ojo no dejaba de girar. Era una brújula descontrolada que sólo apuntaba a una región de su cerebro. Ahí, en ese punto, una voz le urgía a buscar a los chicos divertidos que le metieron los tiros. Así que se prometió una terapia de acumulación de rencores y, cuando estuvo listo, fue tras ellos. Bien sabía que los chicos lo creían muerto y entonces, como fantasma estropeado les cayó encima junto a otros amigos convencidos de su rencor. Los llevaron a Los Laureles y ahí los fue crucificando a balazos. No exageraba. Primero un pie, luego el otro, la mano, luego la otra, la rodilla, luego la otra, hasta que les puso a todos la cruz de ceniza en la frente. Triste cuaresma para tres muchachitos que no entendieron cómo ese ojo se movía tan divertido en hombre tan serio y malhumorado.

Al terminar su historia ya habíamos llegado al centro. Le pregunté si había visto alguna película del tipo *Taxi Driver*. Me dijo que no, que era suficiente su taxi para vivir más películas que las que daban antes en El Centenario. Lo vi acelerar y doblar por la esquina de la Catedral, con su Datsun 210 casi cayendo a pedazos. Nueva York queda muy lejos, pensé, exactamente como ahora lo he pensado al cierre del casting, cuando las luces nocturnas van creando un collage onírico junto a la trompeta melancólica que Scorsesse decidió para el final de su sueño.

## La cabeza

La cabeza estuvo colgada en el travesaño superior de la portería desde muy temprano. Los niños se percataron de ella hasta que dejaron de gritarse sobre quién iba con quién en el partido que se disponían a iniciar. Se acercaron intrigados y vieron en todo su detalle ese gol en suspenso que, con los ojos abiertos, miraba con insistencia hacia el centro del campo polvoriento. Un rótulo hecho con un pedazo de cartón colgaba de las arterias. "Por biolador", deletreaba la escritura llena de filosas líneas. *Por biolador*, repitieron en coro los niños, mientras uno de ellos le hurgaba los ojos con una rama seca que cortó de un arbusto cercano, luego abría su boca y, como un avezado ventrílocuo, hacía que los labios del decapitado se movieran cuando él repetía, lentamente, separando las sílabas, *por bio la dor*. Estuvieron riéndose y alborotando alrededor de la cabeza. Espantaron a las moscas y las otras moscas se carcajeaban hasta que llegó don Lolo y descubrió lo que allí se mecía.

Don Lolo mandó a uno de los caníbales a dar aviso al barrio y muy pronto todo el barrio estaba alrededor de la portería del campo de fútbol tratando de identificar

23

quién era ese que ya no tenía ojos. Estuvieron así por un buen rato hasta que una anciana de mirada hueca y piel muy marchita se abrió paso en silencio entre los curiosos. Llevaba una pequeña escalera a hombros y se hacía acompañar de dos muchachas igual de macilentas. Sin hacer ningún gesto le dijo a una de ellas subite y bajámelo, tomá esta toalla y envolvelo bien. La muchacha a quien todos llamaban Pina subió a la escalera entre silbiditos procaces de los mismos niños que ese día no jugaron ni estuvieron a las cuatro en punto detrás de la cerca para ver a Pina subiéndose la falda en el otro patio de la otra casa en que el otro día Pina llegó corriendo a carcajadas para enseñarles sus nalgas y correr divertida a esconderse para continuar el juego mañana.

Mañana era ese día y por lo visto ya no habría juego. Hoy, que es mañana, Pina estaba en problemas con un nudo demasiado apretado alrededor de una oreja medio cortada. Cómo fue que se hizo este nudo, pensaba. Alguien le pasó una navaja y así fue que de un solo tajo la cabeza cayó rodando hasta dar a los pies de la anciana que se apresuró a arrebatarle la toalla de las manos a la descuidada que se fue detrás de ella lanzando miraditas a los niños que ni estaban muy niños ni estaban muy contentos de que, ese día, no hubiera ni futbol ni Pina desnudándose en el patio. Antes de marcharse, la anciana se detuvo y gritó tajante que la cabeza era su hijo. Reventó en llanto la otra muchacha y también la anciana. Pero Pina no. Ella caminaba silenciosa y así entró a la casa, dispuesta a comer, porque lo ocurrido no le quitaba el hambre de unos huevos revueltos con frijoles.

La anciana, que a estas alturas se llamaba Elidia, seguía llorando, cada vez menos, pero llorando. La otra muchacha buscó una silla de plástico, la ubicó al centro de la sala con piso de tierra y sobre ella puso la cabeza de Godo, cuidando que la toalla formara una especie de nido que ocultara las arterias ya secas, pero siempre feas y tronchadas sin cuidado, como raíces de un tubérculo que sólo crece en la noche. Pina ya estaba comiendo y se preguntaba si una cabeza podría masticarse la cena y a dónde iría esa cena sin un estómago que la recibiera. Godo sólo tenía mucha hambre para otras cosas, pensaba también. Siempre fue demasiado hambriento. Y tenía gula, que es lo peor, mayor pecado que la gula no puede haber en casas tan pobres como ésta pensaba Pina y sus pensamientos se encontraron con los ojos de doña Elidia, su tía, que ya estaba a punto de decirle que fuera donde el carpintero del barrio para que llegara a casa a tomar medidas.

Quiero que sean cinco cajas bien a la medida. Usted conoció a mi hijo y ya puede saber cómo era de grande o de pequeño a menos que uno se encoja ya pedaceado, porque es seguro que Godo debe estar en cinco pedazos aparte de la cabeza. La más grande de las cajas será la del tronco, pero no gastará mucho pino porque Godo era delgadito. Ah, y me consigue un par de boloncas para los ojos. Cafecitas, por favor. La señora se volvió loca, pensó el carpintero, porque ni se sabe dónde está el pedacero. Yo le aconsejo que mejor sólo sean tres cajas, doña Elidia, para que las piernas vayan en una sola, así como los brazos también. Pina se quedó pensando en cómo sería

25

ese velorio con tanta caja en la sala apretada. La otra muchacha miraba a Godo con llanto sincero porque nunca creyó lo que decían de él. Todos eran unos inventores. Es mejor enterrarlo, mamá, enterrar la cabeza y ya, dijo, Godo se va a mosquear rapidito y yo no quiero recordarlo así, él siempre fue muy bueno conmigo, me traía mangos cuando venía del campo, él mismo se subía al palo que da al patio de allá atrás donde Pina se lleva hablando con esos vagos.

Pina no dijo nada, pero recordó que alcanzó a ver a Godo subido al palo de mango hace tres días, cuando junto a la cerca de las cuatro de la tarde ella le enseñaba las nalgas a los vagos y Godo la miraba también desde arriba sin que ellos se dieran cuenta. Ella recordaba bien que Godo la miraba sin risotada, sólo con un brillo en los ojos igualitos a las luciérnagas que prendía noche tras noche cuando se acercaba a su cuarto y la tocaba con prisas y resuellos. Tantos años en lo mismo que lo que ya no recordaba es cómo fue que al asomar la cabeza entre las ramas pensó que Godo se miraba mejor sólo con la cabeza suelta y flotando entre hojas y pájaros, porque lo de esa noche fue feo en verdad, Godo ya no sólo tocó, sino que le abrió las piernas y la rompió. A ver si le vas a seguir enseñando el culo a esos vagos, a ver pues si seguís con ese jueguito mierdero cabroncita.

Doña Elidia fue de casa en casa invitando a todos al velorio. Si quiere velorio velorio va a tener, le dijo Pina a doña Elidia. Yo sabía que vos sabías dónde estaban los otros pedazos y que te ibas a compadecer de esta pobre vieja, porque mirá que no es que no te creyera cuando me lo dijiste, pero es que uno no puede creer, ay, no se puede creer que un hijo pueda salir tan pícaro.

Y llegaron todas a la vela. Las cajas estaban ahí como un rompecabezas y en el centro de ellas Godo miraba con canicas cafecitas a todas las muchachas que había roto durante muchos años en el barrio, ahí calladitas. Pina servía el café y el pan. Doña Elidia, encogida, se cubría el rostro con las sombras de las cajas sombreándole una escalera profunda en la espalda, tan profunda que llegaba hasta la noche en que escuchó con sus propios oídos el resuello en el otro cuarto y apretó las manos y no quiso saber de más. La otra muchacha lloraba.

## Aquí no vuelan las alondras

El vértigo comenzó muy temprano, en una mañana lechosa y sin ninguna nube. Llegó con un silbido prolongado que se iba alejando y culminaba, a intervalos, con un fragor parecido a truenos en miniatura. Estaba sentado en el patio de la iglesia luego de una larga confesión con el padre. No quise ir a hincarme ante el sagrado cáliz para rezar los sagrados conjuros que limpiarían mi alma, no, preferí salir al patio de mosaicos que tanto me atraían desde niño. No daban ganas ni de pisarlos. Sus florituras tenían algo de hipnótico y siempre relacioné eso diseños con algo parecido a la divinidad. Por eso estaba ahí, sentado en un escalón fuera de la capilla anexa, la que hace de brazo izquierdo de la cruz si se ve la iglesia desde arriba y a mucha altura. Una cruz latina perfecta es la que debía ser, igual a los planos que dicen que el último padre quemó por accidente un día en que encendía una veladora a Santa Bárbara, patrona de los artilleros y amansadora de los truenos que, por esos días, se escuchaban mucho sin soltar nada de lluvia. No quisieron prestarle atención a ciertas explicaciones delirantes que dio ya que ni la santa podría encontrar fondos para reconstruir el brazo derecho completamente calcinado de la cruz latina. La iglesia estaba con un brazo calcinado, pensaba entonces mientras miraba los mosaicos; el padre anterior la quemó completa y el fuego se ensañó a fondo, hasta los clavos y hasta el sótano. En esas estaba, imaginándome la iglesia desde arriba y mirando fijamente los mosaicos bajo mis pies con los brazos apoyados en las rodillas. Y en eso llegó el silbido, que en realidad era como el canto feliz de miles de pájaros o una especie de armónica lejana con múltiples estruendos que, aunque pequeñísimos, producían cierta sensación de alarma y, debo decirlo, mucho placer al oído. Pero ese placer fue repentinamente fugaz ya que, de inmediato, sentí que ascendía a una inmensa altura y el mosaico se desplegaba en muchos niveles parecidos a albercas, terrazas o a patios interiores de bloques de edificios que yo sobrevolaba en ese preciso instante. Apenas tuve tiempo de ponerme la mano en la boca, pero el vómito salió como un geiser y yo alcanzaba a ver cada gota de él esparciéndose sobre el mosaico y explotando en minúsculas llamaradas alrededor. Así fue como me encontró el padre. Pegado a la pared donde me apoyaba para no caer.

No le quise decir nada, sólo salí de ahí en busca de mi casa y todavía con la sensación de altura inverosímil aleteando en mi cabeza. ¿Tenía la nariz fría o era la punta de mis dedos los que lo estaban? Me eché de espaldas en mi camastro y cerré los ojos por un momento. Volví a repasar lo que vi y escuché y no le encontré lógica. Había almorzado con buen apetito y no recordaba haber comido algo sospechoso para el estómago, al contrario, siempre trataba de comer con frugalidad y respetaba la hora de cada comida. Cuando abrí los ojos empecé a ver con detenimiento las junturas del encielado de la habitación. Seguía las líneas hasta sus intersecciones y luego continuaba al siguiente panel en una mirada rápida que se fijaba en las hormigas que iban y venían hasta perderse en los pequeños agujeros. De pronto, la mirada se fue haciendo más veloz. De los agujeros donde se metían las hormigas salía humo. Panel tras panel, mis ojos iban moviéndose como un altímetro enloquecido. Algo me decía que tenía que fijarme en una de las hormigas para detener aquello, pero no lograba hacerlo. Las hormigas se achicharraban como si una lupa gigante pusiera el sol en sus cuerpos. Mis brazos, por el contrario, se comenzaron a poner fríos justo en el momento en que una sombra diminuta empezaba a flotar con un aparente despliegue de forma que bien podría jurar se parecía a la de un avión. Desde diferentes paneles surgieron, en una sincronía que no dejaba lugar a dudas sobre su cometido, unos brillantes haces de luz similares a finísimas varillas plateadas que se movían como palpando a ciegas mi cama. Me buscaban. Poco a poco fueron coincidiendo en mi pecho y luego subieron hasta mi barbilla. Mientras esto iba sucediendo, no podía moverme sin antes sentir una fuerte resistencia del aire alrededor de mí. Una presión surgida de no sé qué ventilador me apretaba de una manera descomunal y me hacía vibrar, convulso. Quise gritar pidiendo ayuda, pero en lugar de eso salieron de mis labios una serie de cifras e instrucciones que, con voz cada vez más apremiante, urgía a cerrar las puertas de las bodegas y romper formación, romper formación, romper formación. En medio de ese trance inexplicable los haces de luces se concentraron en mis ojos y un destello brutal hizo que por fin rompiera el hechizo. Salí corriendo hacia el patio de la casa en busca de oxígeno. No entendía lo que me sucedía, sentí que descendía flotando. Realmente me comenzaba a asustar con seriedad y así, casi cegado, llegué a la sala.

Mientras les daba suaves masajes a mis ojos aún deslumbrados por la luminosa concentración, sonó la puerta. Fui hacia ella y oteé por el ojo de vidrio. Allí estaba el padre, viendo hacia el cielo con cara de preocupación.

-¿Qué desea, padre? Ahora no puedo atenderle -le dije con un timbre impertinente.

-Tenemos que hablar un momento, me preocupa tu estado de salud y, además -me dijo bajando la voz y pegándose a la puerta- debo confesarte que no me ha dejado tranquilo lo que me has dicho en el confesionario.

-¿Y quien debe preocuparse no es Dios? -le respondí con curioso cansancio.

-Algunas cosas son tan complicadas para él como para nosotros en la tierra, hijo -me dijo con suavidad-, imagínate cuántos problemas tiene para resolver que nos tiene a los padres tomando nota y resumiendo.

Me caía bien ese padre, precisamente por eso; sus consejos eran siempre un alfilerazo simpático que me hacía soltar cada pensamiento malo que guardara. Con el anterior, sólo deseaba tener un alfiler cuando me miraba a través de la rejilla.

-En serio, padre, no me siento en condiciones de una segunda plática –le estaba diciendo eso cuando me asomé por el ojo de vidrio esperando verle desistir y marcharse, pero me encontré con que él tenía su ojo puesto sobre la mirilla. El vértigo comenzó de nuevo, sin embargo, yo permanecí con mi ojo pegado al de él intentando aferrarme lo más que podía a los bordes de la puerta, la misma que se estaba moviendo en un plano cada vez más inclinado. En su ojo se fue abriendo una noche de profunda oscuridad hacia la cual llegaban muchos puntos luminosos en ascenso serpenteante y llenos de intenciones aviesas. Rosas grises brevísimas florecían alrededor de su iris. Incesantes detonaciones, apenas perceptibles, llegaban a mí como si un martillo pegara contra las paredes forradas de un estudio de audio. Yo comencé a gritarle que dejara de verme, pero no hacía nada más que seguir pegado a su ojo, sentía que si dejaba de hacerlo caería irremediablemente y que las luces que venían me alcanzarían y me quemarían. Al otro lado, el padre me decía que me calmara, que soltara la carga y dejara todo en manos de Dios. Me voy a tirar, padre -le dije- me voy a tirar, ya no puedo más, y mis dedos, imposibilitados de sostenerme más, se deslizaron y me dejaron caer. Las nubes me atravesaban a una velocidad espantosa.

Supe que había estado desmayado media hora. El sacerdote que estaba ahí logró convencer a varios vecinos para que llegaran a mí por la parte de los escombros que se acumulaban atrás de mi casa. Me dejaron tranquilo a pesar de sus exclamaciones. Me pusieron sobre el sofá, abrieron la puerta y se quedaron por ahí, expectantes.

Alcancé a escuchar a uno de ellos diciendo que estaba loco y al otro responderle que se equivocaba, que yo era un desquiciado hijo de la gran puta. Otros dos apostaban que no duraría mucho, de cualquier forma, el desconocido sacerdote estaba allí, sentado frente a mí, con semblante de hombre comprensivo que ve despertar a un enemigo que resulta ser el único sobreviviente de un masivo derribamiento.

-Es muy inquietante todo esto -me dijo viendo hacia el techo-. Has debido contármelo todo, en contexto, hijo mío. Un pecado puede ser el contraste donde el cielo adquiere su esplendor y no necesariamente lo que hace del cielo una lupa donde Dios concentra su mirada para avergonzar al pecador.

El mareo se me había pasado. Le pedí el favor al imprevisto sacerdote para que me diera agua. Cuando él volvió traía, además del agua, un pájaro calcinado en la palma de su otra mano. Vi al capellán a los ojos -sí, no podría ser otra cosa que un nuevo refinamiento de tortura diseñado para hundir la moral por medio de la aceptación de la culpa religiosa-, no estoy seguro si con rabiosa curiosidad o con la mirada liviana del que se sabe prisionero de una sesión interrogatoria que comienza blandamente y luego se vuelve perversa. Revisé mis hombros. Mis insignias de grado no estaban así que le dije al capellán que eso contravenía todos los tratados, que mi integridad debía ser respetada y considerada según mi rango. Este guardó silencio con una sonrisa que me pareció una absoluta ofensa a mi dignidad de oficial. Extendió el pájaro calcinado cerca de mi cara.

-¿Así has hecho con todos… vos mismo? -me preguntó casi en susurros. Con eso supe lo que venía, una farsa de juicio, la sentencia que no era otra cosa más que entregarme al linchamiento público de los sobrevivientes del monóxido en los sótanos. Bajé los ojos a la vez que él repetía su rastreo viendo hacia el techo. Con vergüenza le respondí que eso era lo lógico después de usar toneladas de fósforo.

-¿Y a qué hora lo hacés? Nadie se ha olido nada -insistió mientras se ponía de pie sin dejar de ver hacia arriba. Algunos civiles, de los que entraron a curiosear, también miraban el techo y confirmaban al capellán que nadie había sentido ningún olor a chamusquina. Yo mantuve mi cabeza gacha. Eso se estaba convirtiendo en algo demasiado pesado para mí. Nunca nos advirtieron de esa sutil modalidad donde las culpas bajaban y subían marcando contrapesos atávicos ¿cómo iban a saberlo? Luego de un largo silencio decidí contar un poco de la operación en un afán de hacerle ver que estaba frente a un miembro disciplinado de una cadena de mandos que no tenía otro deber que cumplir con precisión su trabajo. Quizá cooperando un poco, y sin decir las bases de donde partimos, pudiera evitar el horror y deshonra de un linchamiento, pensé.

-Mi escuadrilla sale a la medianoche. O antes. Calculamos estar siempre sobre el objetivo cuando comienza a despuntar el sol. En ese justo momento cuando se cambian las dotaciones nocturnas sobreviviente de la incursión anterior y nadie está pensando aquí abajo en recargar con urgencia los flacks agotados. Por eso nos hacemos llamar Las alondras, porque somos los primeros en hacer silbar los paquetes.

Todos dentro de la sala crearon un silencio tal que me recordó la pavorosa ausencia de cuatro motores que se detienen de pronto a mitad de vuelo. Es probable que estuvieran cayendo en cuenta de su gravísimo error de confiarse a la piedad del enemigo ante una ciudad que ya recibió todos los golpes imaginables, que ya crepitó por la noche hasta en su último armazón de madera. Cuadra por cuadra, Las alondras repetíamos la alfombra de fuego que fue pesadilla horas antes y que hacía creer imposible un nuevo raid al rayar el alba. Imposible tanto encono. Imposible. Pero debo confesarlo: era ese otro silencio previo a la apertura de las puertas el que más nos gustaba, el silencio apenas roto por la voz del navegador anunciando que las coordenadas eran las precisas y que estábamos a suficiente altura como para no ser detectados por los reflectores antiaéreos. Y luego silbábamos el canto, lo silbábamos celebrando el fin de una nueva misión que ya nos acercaba a casa.

-Esta no es una alondra, hijo -dijo el capellán de inteligencia militar-, aquí no vuelan las alondras. Es un cenzontle. Esas que pegaste ahí -dirigía la mirada al cielo de la casa-, son cuervos, canarios robados a los vecinos, jilgueros, pericos que ahora le hacen falta a muchos niños o ancianos del vecindario. Cuando me confesabas que habías quemado todos los pájaros en cuadras a la redonda creí que exagerabas al igual que lo hacía el padre anterior de la parroquia cuando me advertía de tus confesiones.

La belleza de la verdad que Dios nos revela puede ser horrorosa también, al igual que las fascinantes o desconcertantes formas con que el diablo puede tentar nuestra imaginación, pero lo que hemos descubierto aquí ya se escapa al secreto de confesión…

-Pero si ya no es un secreto -le dije alterado y poniéndome de pie-, le he dicho el nombre de mi escuadrilla, pero me reservo el ala de combate a la que Las alondras pertenecemos ¡jamás se lo diría! ¡Soy un Comandante de Vuelo y cumplo órdenes disciplinadamente, lanzando proyectiles hacia abajo a la vez que sus artilleros lo desatan hacia arriba, hacia nosotros, pájaros que pueden ser derribados como lo prueba mi presencia aquí en este interrogatorio estúpido!

La policía había llegado. Y también ellos guardaron silencio por un espacio de tiempo bastante largo. Sus ojos se movían como los ojos de un navegador de vuelo que recorre desde la mirilla la cuadrícula del marcaje por zona. Ordenado con mucho cuidado, el cielo de aquella sala estaba tapizado con decenas de mapas aéreos quemados a medias. Todas aquellas ciudades, vistas -esta vez desde abajo- formaban un vasto entramado recorrido por flechas rojas a modo de rutas para incursión de bombarderos. Al final de cada flecha un pájaro.

Un pájaro calcinado.

## Pólvora serás

*Como una figura de arcilla que cruza el río, apenas podía protegerme a mí mismo.*

(Qiu Xialong – *Seda Roja*)

Algo irreprimible le hacía leer cada pedacito de noticia que restaba de los petardos.

Siempre fue así, desde que aprendió sus primeras palabras en la escuela, sentía una especie de humo denso en la cabeza cuando las barrenderas iban con sus escobas por las calles después de cada veinticuatro de diciembre. Se preguntaba ¿y si la noticia más importante se está yendo a la basura? Entonces se interponía entre las escobas y agarraba puñados de esas florecitas reventadas en que se convierten los diarios hechos petardos y leía, leía ávidamente en voz alta …ganancias para la compañía, algo… a caballo entre la reinvención y la gloria… como ahora, pero ¿sentimos el sentimiento del que sufre?... la conciencia popular con su ejemplo… el traje típico que modelará durante… las barrenderas le daban escobazos en las piernas mientras él iba metiendo el papel en una bolsa plástica y corría con ella hacia el patio de su casa.

Con las manos grises por los residuos de pólvora, desdoblaba los papeles y los desplegaba en un orden inexacto pero con mucho sentido para su ansiedad. El asunto era serio. Una compañía debió de crear algo importante, a caballo entre la reinvención y la gloria, algo que podrá darle a la humanidad la capacidad de sentir el sentimiento del que sufre y que entrará a la conciencia popular como un traje típico bien modelado representa a cada país. El sabor ferroso de la pólvora inundaba su desayuno. Tan deprisa como podía, tragaba como gigante y saltaba hacia la calle sintiéndose un cohete silbador de los que seguían escuchándose por todos los barrios de la ciudad.

Supo dónde reunían los bultos de papelillo más grandes por la lógica de dónde habían tronado con mayor fuerza los morteros y las cebollas. Y ahí estaban, sí, casi cordilleras hechas picadillo, los miles y miles de fragmentos y la posible gran noticia que sólo él podría descodificar. Se lanzó a reunir lo que pudo. Encontró muchos petardos sin reventar y sacando una cajita de fósforos, reventó cada uno de ellos con la ansiedad más desconcertante. Las señoras se reían desde las puertas de sus casas; escobas en mano también, apenas alcanzaban a decirle que no regara nada y que tuviera cuidado en reventarse él mismo los dedos. Él se molestó y les gritó que agradecieran lo que hacía, que les iba a dar una noticia un día de estos que las dejaría con las jetas abiertas. Ante esta respuesta una de ellas dijo, como si la intuición le susurrara algo: este niño sí que es chispa pero demasiado explosivo. Y lo que dijo tenía mucho de razón, porque él sentía que sus venas eran como mechas y que la rabia fulguraba y encendía blanquísima en ellas si no comprendían lo que hacía. Ya su papá le había dejado ir varias tundas ante sus rabietas. ¡No lo vés! ¡No lo vés! ¡No me puedo concentrar si me están preguntando a cada rato!

Este bulto era prometedor. Los pedazos eran de morteros de a veinte y de a cincuenta. Muchas esquinas de publicidad, mucha sonrisa de misses y grandes extensiones de noticias de todo el mundo …la situación más complicada, ya que al mismo tiempo el origen de desplazados… la escalada de violencia por parte de… los congresos de ambos países se espera… el cual ya comenzó a pagarse… la agencia ACAN-EFE en horas de la noche… Hoy su madre y su hermana sentirán cómo su hogar se hace gigante… ¡Ahhhh, vaya! ¡Aquí está! Saltó por todos los cuartos y gritó desaforado a todos los que pasaban, tanto que tuvieron que calmarlo con profunda preocupación. Su mamá lo metió a la cama, dijo que tenía fiebre y no dejó de abrazarlo hasta no sentirlo absolutamente calmado. ¿Qué pasa, mi amor? Le preguntó. Con sus ojos en otra parte, él comenzó a decirle lo que ahora sabía. He leído casi todos los petardos. En los petardos se escondía una noticia que nos cambiará la vida. La mamá lo miró con ternura. ¿Para eso ibas a recoger todos esos papeles? Mi amor, sos tan bello. Pero al mirar que ella se enternecía con clara intención de considerarlo un juego inocente él se incorporó y se apoyó con tensión contra la pared; apretando sus labios le dijo: una súper compañía de investigación ha descubierto algo único, algo que tiene que ver con la forma en que sentimos el sufrimiento de los demás, no te riás… todos en este país cambiarán, los que se van del país regresarán todos al mismo tiempo y habrá mucha violencia, tanta que ni los congresos de los demás países podrán detenerla, lo pagarán, así lo informarán las noticias, por la noche, y vos y mi hermana, cuando lo sepan, sentirán  que la casa se hace gigante gigante gigante. Abrió los brazos con gesto exagerado y su respiración se volvió agitada. Al comprender que era mala idea contradecirlo, su mamá lo dejó, fue hacia el patio y barrió con cuidado todos los restos que estaban regados. El olor a pólvora era penetrante así que roció desinfectante y lavó a profundidad el resto de la tarde. Nunca más pudo quitarse esa extraña sensación que le quedó de las palabras de su hijo. Ni el olor a pólvora de sus manos.

## II

Reventaba a cualquiera por dos mil bolas o menos, según la necesidad. Luego los envolvía en papel periódico y los sellaba con masquintei. Así los encontraban al día siguiente y nadie imaginaba lo que ocurría cuando la última vuelta de la cinta apretaba bien el cuerpo: el sicario leía cuidadosamente las noticias que cubrían su encargo y anotaba en una libretita lo que leía …sin embargo comenzaría el juego de ida y vuelta… en un video publicado en las redes sociales… debido a la tardanza en la ratificación del protocolo… súper mega rematón… en busca de un candidato único… Luego de darle vuelta y revisar una y otra vez la noticiosa mortaja, se largaba de ahí pensando siempre que, viéndolo bien, el despachado parecía de largo un enorme petardo. Llegaba a su casa y se acostaba de inmediato. Soñaba que le ponía una larga mecha a uno de los tantos que había matado y que luego soplaba -con paciencia cercana al amor- la pequeña chispa que se iba agrandando y aligerando hasta detonar al muerto. PUM y los papeles flotaban y él corría casi como bajo el agua, despacioso, casi una escena melancólica que le angustiaba mucho porque trataba de leer lo que estaba escrito en los pedazos y no podía.

Por eso amanecía de muy mal humor. Repasaba lo anotado en la libretita, pero lo que resultaba de la descodificación no le daba continuidad a aquello que creyó revelador de niño. ¿Qué diablos podría significar que el juego de ida y vuelta comenzaría y que se vería en un video en Facebook? ¿Quién se estaba tardando en el protocolo por causa de las ventas extraordinarias? ¿Quién era ese candidato único? Apartaba las hojas de los periódicos que inundaban el taller de cohetería. Despacio, como lo hacía cuando pensaba profundamente. Ese era su ritmo desde que decidió meterse al negocio de la pólvora. Tomaba las tijeras con firme lentitud, y recortaba patrones justo a la medida del petardo que multiplicaría por miles, y no dejaba de observar las noticias y anuncios hechos trizas, aunque poco a poco sintiera que iban importándole menos. Debía hacer lo suficiente para vender toda la pólvora que acumulaba en la bodega, hacer que su madre y su hermana se fueran lo más pronto al puesto del mercado antes que llegara la competencia y la policía municipal a decomisarles el esfuerzo. Desde que murió su padre tuvo que redoblar su capacidad de apretujar la pólvora. Su padre nunca estuvo de acuerdo en que pusiera un negocio que apenas duraba un mes y eso se lo pasaba repitiendo día tras día. Así fue como se encendió esa chispa que buscaba camino en la noche hasta estallar en la nuca del cliente de turno. Un mes sosegado y once meses desatado, se decía para adentro, no hay de otra, hay que buscar un cuerpo donde meter tanta pólvora encapsulada dentro de uno. Su padre nunca estuvo de acuerdo, ni cuando le contó del primero, ni cuando le contó del séptimo, ni cuando llegó a contarle del treceavo. Lo miraba con rabia y asco en medio del almuerzo, cuando raspaban el plato con una tortilla quemada y al fondo, la radio decía que habían encontrado otro cuerpo envuelto en papel periódico. Murió con ese azufre en las últimas palabras que le dirigió: te van a buscar, sufrirás lo que sufrieron ellos, vos serás la noticia, cabrón.

Vio cuando los ojos de su padre se fueron secando y salió rápido del cuartucho a avisar que ya se había muerto el viejo. Cumplió con cargarlo junto a otros vecinos, cumplió con enterrarlo y recibir condolencias, luego regresó a la bodeguita para seguir liando petardos hasta muy tarde, tan ensimismado estaba que dieron las seis de la mañana del siguiente día y apenas escuchó que algo había golpeado contra la puerta que da a la calle. Fue a abrir y se encontró con el cuerpo de su padre medio envuelto en periódicos llenos de tierra. Tierra fresquita. Negra. Se paró despacio a mitad de la calle para ver quién pudo ir a desenterrarlo. Su madre y hermana salieron aprisa a gritar el espanto y él no se inmutó. De pronto le vino todo el sueño que debió tener la noche anterior pero aun así tuvo las fuerzas para levantar el cadáver y ponerlo sobre una banca en espera que los vecinos llegaran a ayudarlo. Fingió no escuchar nada cuando las doñitas empezaron a decir algo sobre el cuerpo envuelto en periódico, aunque le entró una gran curiosidad por ver qué noticias traía el cuerpo del más allá. Leyó despacio con un genial juego de luces… quería apartarse de los dramones familiares… si en persona ella resultase radicalmente distinta… los choferes tienen que descontar los gastos de gasolina… el diaconato femenino revelará… Nada nuevo para él que ya estaba poniéndose harto de esa manía descifradora. Volvieron a enterrarlo y de nuevo le regresaron el cuerpo a la puerta de la bodega, esta vez con el empapelado finamente hecho con cientos de recortes de pistolas salidas en las noticias. El rostro de su padre al descubierto, con su verdosidad porosa, daba una impresión que él no había sentido hasta ahora. Era lástima, era mutuo acuerdo en los ojos. Por fin se comprendían y ya era la hora que vinieran por él.

Fue en busca de su libreta y anotó las oraciones que leyó. Se desligó del segundo funeral y de los desgarradores gritos de su hermana que le decía que no podía dejarlas solas con ese dolor, que dejara de estar enrollando eso, que ya nadie le compraría. En ese momento cerró los ojos y se imaginó que sería mejor que en lugar de tierra cubrieran el cadáver de su padre con toda la pólvora que tenían allí para luego prenderle fuego, el fuego más breve e intenso que evitara un nuevo desentierro. Pasó la mañana y comenzó un calor infernal. Su madre y hermana se había encerrado en el cuarto detrás de la bodega y murmuraban lo que ya murmuraban en el barrio, que los iban a matar a todos por todos los que había matado él, que se habían dejado venir unos mareros desde el norte con el único fin de reventarlo y que con él se irían ellas también.

Cuando se escuchó el motor de la moto él había tomado una biblia y la hojeaba por el puro placer de sentir ese papel que no aguantaría ni para hacer unas chispitas del diablo. En la moto venían a toda velocidad dos sicarios que se cubrían el rostro con primeras planas, apuntaron sus akas y la lentitud fue tal que las chispas de las balas pudieron servir para ponerlas de estrellas sobre un árbol de navidad, tan lentas que las tomabas en el aire y sentías sus puyitas, tan precisas en buscar el grueso del polvorín que cuando todo estalló y él giró su rostro hacia atrás pudo ver a su hermana y su madre corriendo hacia el baño haciéndose gigantes junto a la onda expansiva de la casa mientras él se convertía en estatua de pólvora.

Eso fue lo que encontraron y lo que un bombero convirtió en viral en las redes sociales, una estatua perfecta de negra fragilidad a la que el primer viento hizo desaparecer.

## Hospedaje Asterión

La carretera era tan ardiente como una larga línea recta en la superficie de un horno. Las montañas pura reverberación en la lejanía, una barrera difusa donde las aves y el caudaloso río se evaporaban. Costaba mantener la mirada en dirección de donde tendría que aparecer el bus que me llevaría a La Ceiba, por eso me entretenía viendo los guijarros sueltos a la orilla del asfalto e imaginaba que éste tuvo que ser el remanente de un río de fuego antediluviano. Hasta aquí llegó la lava -murmuraba-, la increíble lava de un volcán jamás visto por estas tierras.

Estaba en medio del Valle del Aguán, la tierra que se disputaban todos y que solo los militares hacían producir de manera monótona. Mejor que el banano, el arroz, el maíz o la palma africana, la cosecha más estable fue siempre de cuerpos agujereados por calibres que todos sabían de dónde se disparaban. Calcinamiento, roza, teas en manos de fantasmas veloces que llegaban a las barracas y las prendían a medianoche. Esta era la respiración que más se daba por aquí y los pulmones acostumbrados ya a tal temperatura daba hombres y mujeres cuyos cuerpos eran como una estufa que reclamaba más leña y carbón. Me estaba costando adaptarme a semejante clima y lo mejor que podía pensar para serenarme y no suicidarme, era que el mar estaba a un suspiro de ahí. Quizá el mar ya estaba encima de mí, me dijo Natarén, el otro maestro de escuela.

-No se crea que el mar le dará una idea de frescura -me decía mientras cortaba en pedacitos finos las tajadas de plátano que muy pronto cenaríamos-, eso es peor. Cuando uno entra el mar se da cuenta que es tan caliente como aquí y no sabe uno qué hacer. Desde aquí hasta la costa todo hierve.

Natarén llevaba dos años en el puesto de único profesor de la escuelita de Brazas Pueblo y así se las arregló para enseñar, simultáneamente, a tres grados de primaria.

-Suficiente tres grados -me dijo-. Solo hay que concentrarse en el primer grado, enseñarles a leer y ya, pero hacerlo rápido y como si fuera cosa de un herrero ante una fragua. Martillar sobre las vocales, aplanar, redondear, lo que sea, pero hacerlo rápido y que se les quede. Cuando están en fuego blanco uno sabe que ya jamás se les olvidará leer.

- ¿Y qué se les enseña en segundo y tercero? -le pregunté.

-Nada. Se les pone a hacer trabajos manuales. Relojes con platos de plástico. Espejitos adornados con fósforos. Lo que se le ocurra.

- ¿Y las matemáticas? -insistí.

- ¿Conoce el caso de los pirahás, en la Amazonía? -me devolvió la pregunta con un brillo de alegría en sus ojos-

Solo saben lo que es poco y lo que es mucho. No se complican con cálculos ni nada por el estilo y son los más felices sobre la tierra. Aquí los niños solo tienen que saber eso y ya. Mucho trabajo, poco trabajo, mucha calor, poca calor. Aprender a leer les sirve solo para que nadie de la ciudad venga y se burle. Es un talismán. Uno lo que les forja es un talismán para que se protejan.

-Se dice mucho calor, no mucha calor -le corregí.

-La calor aquí es mujer -respondió viendo hacia un grupo de muchachas que pasaban-, el calor es trabajo, y es cosa de los hombres.

Llegué por equivocación a Brazas Pueblo. Alguien se había equivocado en el Ministerio de Educación pues el traslado estaba destinado a La Ceiba. Cuando me llamaron para que me negociara de inmediato el traslado alegué lo mejor que pude insistiendo que no era culpable de esa acusación, que no era para tanto eso de ver, que quizá era una excesiva indiscreción, sí, pero solo alcancé a una promesa, así que supe que debía mover las teclas más finas de mis conocidos en la Departamental. El licenciado Henríquez me dijo para calmarme que muy pronto estaría viendo a las mulatas de la costa, que la vida sabrosa estaba a punto de llegar y que -esto lo dijo con tono avieso pero divertido- a lo mejor me estaba metiendo a un problema por todos esos cuerazos que me iba a encontrar.

-Solo estaré aquí una semana -le dije a Natarén cuando me recibió-, el domingo salgo para La Ceiba para ocupar la plaza que me corresponde. No se preocupe, no le vengo a quitar su plaza.

-¿Sabía que el nombre de Brasil proviene de brazas? -disgregó de nuevo-. Yo me he venido haciendo la idea que soy un *pirahá* brasileño y aquí soy feliz. Tiene que tomar el bus que va de aquí a Sabá y de ahí el que va a La Ceiba.

El bus empezó a materializarse de manera gradual. De su ondulación lejana pasó a ser un Blue Bird amarillo de nombre Magdalena. Achatada y repleta, se tardó más de lo que calculé en llegar al cruce. Diría que se tardó mucho, pero quiero seguir el cálculo acostumbrado que aprendí siempre en la capital. De acuerdo con mi reloj, tardó veintitrés minutos exactos en llegar hasta donde yo estaba desde que lo vi aparecer. Iba parando cada doscientos metros en su insistencia de recoger hasta los que iban un kilómetro más allá. En el asiento de adelante, una mulata se le arrimaba sin empachos a un mulato con gorra de los *Bulls* de Chicago. Los hombros de ambos revelaban que sus manos ya habían llegado a otra estación muy diferente a la terminal solitaria que me esperaba. Ella le decía que no lo iba a ver hasta que volviera a salir de franco, y le mordía el lóbulo de la oreja izquierda. Mi indiscreción se detuvo cuando el hombre miró hacia atrás y se fijó que yo estaba atento a lo que pasaba. Le dijo algo al oído a la mujer y así se fueron deslizando en el asiento para quitarme ángulo de visión. Eso no me hizo feliz para nada, debo decirlo. Tuve que haber llegado a las dos y media de la tarde a La Ceiba y terminé llegando faltando diez para las cuatro.

-Más bien se tardó poco -me dijo la señora que durante

todo el recorrido sudaba serena a mi lado y que había hecho plática conmigo después de fijarse por igual en los dos de adelante.

-El problema es que ya no encuentro bus para La Ceiba y tendré que dormir aquí. Mi bus salía a las tres y media.

-Qué barbaridad -exclamó-, es cierto, se tardó mucho.

-¿Conoce un hotel donde me pueda quedar y que sea barato? -aproveché a preguntarle. El dinero de un desempleado recién empleado no me ajustaría para casi nada.

-Sí, el Hospedaje Asterión. No le van a cobrar más de cincuenta lempiras.

Le agradecí y preguntando llegué. Cuando vi que el Hospedaje Asterión no era más que un viejo y largo barracón bananero acondicionado como hotel maldije a los *pirahás*. El hospedaje estaba casi en medio de una ciénaga y sus pilotes tenían las marcas de constantes, aunque breves inundaciones. Una abigarrada reunión de gallinas buscaba gusanos en los alrededores. El barrio era una sucesión de solares baldíos que guardaban carrocerías de carros y vagonetas oxidadas, antiguas vértebras del tren que se esfumó con la Estándar Fruit Company. Las casas del vecindario estaban todas con las puertas abiertas, pero no alcanzaba a ver a nadie. Con seguridad, desde el fondo de esas sombras estaban viendo cómo llegaba el cliente al Asterión, intercambiaba palabras con el flaco desgarbado de la recepción y nada, seguían hablando de la caloraza que estaba pegando.

-Su habitación es la once y son ochenta lempiras -me

dijo el flaco extendiéndome una factura manchada de aceite y unas llaves cuya cadenita sujetaba la foto plastificada de una actriz porno.

-Pero ¿no eran cincuenta? -le pregunté luego de unos segundos calculando que solo me restaban cuarenta lempiras para el boleto de La Ceiba y que me había quedado sin dinero para cenar.

-No hombre -respondió malhumorado y escupiendo de lado-, ni tan poco que fuera.

Al entrar al Asterión me sorprendí del enredijo de pasillos y habitaciones que los conformaban. Su vieja madera, llena de crujidos y moho, estaba dispuesta en espacios inusitados que no eran habitaciones pero que lo parecían. De las paredes colgaban posters enmarcados de una vieja campaña del Ministerio de Turismo. Estelas mayas amarillentas, crepúsculos sobre playas magentas a las que les habían dibujado penes veraniegos y muy sonrientes, deformes bajo las sombrillas que seguramente pertenecían a un resort. Una leyenda escrita con pésima letra sobre la foto decía *Aquí solo vienen las meras pijas*. Algunos sanitarios atestados de zancudos interceptaban la siguiente esquina antes de llegar a la puerta donde estaba pintado un 11 con dos burdos brochazos. El cuarto tenía un camastro inusitadamente limpio. Sus sábanas olían a lavanda y su estampado era de sirenas repetidas tocando ukeleles. En verdad me sorprendí del aseo del lugar, aunque las tablas del piso estuvieran un poco separadas y se pudiera ver, en el espacio que dejaban los pilones, a un par de gatos durmiendo sobre una caja de herramientas. Abrí una estrecha puerta que creí una insinuación de closet y me encontré con que era un pequeño baño que no tenía tapa pero que brillaba en su blancura de reciente aseo. La inquietud por el lugar iba desapareciendo en mí cuando escuché que, por los pasillos, caminaba una pareja recién llegada. Sus pasos se detenían de vez en cuando y del silencio que abrían llegaban relámpagos de manoseos y susurros y risas sofocadas. Perdí la secuencia de la pareja cuando me acosté. La temperatura andaba por los 34 a esa hora y la humedad en el aire me trajo un mar que no quería soñar. Las olas me enrollaban y desenrollaban en una playa donde dos penes se reían de mí. Era de lo más extraño verlos tomando sus cocteles con sus delgados brazos dibujados a grafito. Ambos me miraban, hacían el gesto de brindar por mí y luego se dedicaban a tirarles piropos a unas muchachas que aparecían y que lanzaban arena al mar ayudadas por unas minúsculas palas.

Me desperté por el traqueteo de las tablas y los resoplidos y gemidos que se escuchaban en el cuarto contiguo. Al otro lado, la cama lanzaba su morse frenético y amenazaba con pasar a tambor de carnaval en cualquier momento. Eran las 9:17 pm, pero yo sentía que era de madrugada. Me senté al borde de la cama por un buen rato, con todos los sentidos atentos. En verdad, todos los sentidos se me estaban concentrando en un solo punto y ese punto ya iba creciendo, se proyectaba en una línea que pasaba por debajo de la puerta y seguía por el pasillo oscuro. Seguí la línea con cuidado, giré a la izquierda, caminé por un largo túnel con espacios que se abrían de pronto y que me confundían cuando creía llegar a las cercanías del resuello. De vez en cuando creía advertir una luz que me seguía desde abajo, desde el espacio muerto de los pilones, pero al escuchar el motor de un carro que se acercaba y luego se alejaba supuse que eran sus faroles barriendo la noche a ras de suelo. A cada uno de mis pasos el hospedaje respondía con un crujido y con un gemido. Cuando me creí perdido y un tanto asustado por la insospechada dimensión del hospedaje, me fijé que una bombilla de luz marchita se bamboleaba más que las otras que guindaban del techo de zinc y caí en cuenta que ahí estaba la puerta del cuarto. Nunca había hecho de voyerista como me calumniaron, pero el calor envolvente como un útero, los rincones como escondrijos y el contrastantemente pulcro cuarto donde dormía me dieron una sensación de obscenidad manifiesta que las quejumbres húmedas salidas de la pareja elevaron a categoría de voluptuosidad. Pegué mi oído a la madera y me fijé que, con iguales trazos malogrados, estaba escrito el número 12.

¿Estaba al lado de mi cuarto y yo di todo ese rodeo? -me dije en voz alta haciendo que la agitación oceánica al otro lado parara de golpe. Quise huir, pero tanto la pareja como yo aguardamos al menos un pequeño rechinar que no se dio. El fragor volvió a su curso y yo respiré aliviado. En eso vi que, al lado de la habitación, creando una pequeña saliente en L, estaba una puerta estrecha abierta. El resplandor de un cuarto adyacente se colaba adentro y permitía cierta iluminación. Era un sanitario. Entré, cerré la puerta y me dispuse a escuchar. En cada embestida el hombre le decía a la mujer que escribiera, que no parara. Está bien, le respondía ella con la respiración entrecortada, lo haré, pero seguí, no parés, dale.

-Escribí qué te gusta mucho, mucho -arremetida-, escribí que te la hunda -grito ahogado-, no, no, así no, borralo, quise decir que escribás *hundímela, quiero que me la metás*.

La excitación en mí pasó a ser extrañamiento total y pude ver un pequeño anillo de luz en la tabla que estaba justo al frente de donde estaba sentado. Con la uña del dedo meñique comencé a seguir el borde del círculo y supe que era solo un emplasto de aserrín que sellaba un agujero. Raspé con sumo cuidado mientras el hombre del otro lado seguía dictando, batiendo palmas como el antiguo tambor mayor de un trirreme. Un pequeño pedazo cedió y acerqué mi ojo. Alcancé a ver a la pareja. Ella estaba en cuatro y escribía con un lápiz en la pared cada vez que él la acometía. Era la pareja de mulatos que venían en el bus de Brazas Pueblo. Los cuerpos de ambos eran de absurda belleza, fibrosos. Su resplandor broncíneo provocaba un tenue juego de sombras y destellos que el sudor dibujaba en ondulaciones y contracciones fascinantes. Mi meñique quitó completamente el sello y el ojo hueco fue todo mío, un triste satélite girando en torno a un sistema planetario que se comía a sí mismo y luego volvía a salir en forma de torbellino de carne.

-Escribí que con otros te ha gustado poco -acomodamiento-, escribí que soy tu toro -mugido-, escribí que soy la mera pija -resoplando.

-Esperate, espérate -lo paró ella entre jadeos-, ahora te toca escribir a vos.

-A mí se me olvidó escribir -dijo él, agitado-, seguí vos, dale, dale.

Y en ese preciso instante en que volvía a penetrarla, el toro miró directamente hacia mí. Sentí que me habían lanzado un cubo de sudor sobre mí ojo. Toda la sal de un mar que no quería ver.

El mulato saltó como un auténtico animal hacia el agujero y comenzó a gritar que me iba a matar, que me iba a sacar los ojos. Reaccioné yéndome de espaldas hacia la pared y una puerta se abrió. Me di cuenta de que siempre había estado al otro lado de mi cuarto, que 11+1 siempre serán 12. El sanitario era de cuartos comunicados y ahora debía cerrar por dentro para que la indignada bestia no entrara y me matara. Sus patadas eran violentísimas y a ellas se sumaron los chillidos de la mulata animándolo para que no me dejara vivo y los gritos del flaco recepcionista que prudentemente le exigía que parara. Antes de cerrar vi que entre las rendijas del piso de madera dos niños iluminaban hacia arriba y se retorcían a carcajadas. No eran las luces de un carro, me dije, ¡qué cabroncitos mirones! Pasaron muchos minutos y la violenta rabia no se le pasaba al mulato. Quería mascarme a pedazos, gritaba, quería ensartarme agujas en mi ojo, juraba. Recogí mi maleta y salí corriendo, calculando cuánto tiempo le tomaría al monstruo descifrar el dédalo de tablas y partirme en dos.

Salté a la calle y luego de dar con la posta policial pedí protección. Los policías me pidieron detalle y yo les conté todo.

-Podríamos dejarte preso por lo que hiciste, ¿sabías? -me dijo uno de los policías con la sonrisa torcida.

-Lo sé -le dije con la voz temblando-, pero no me dejaban dormir.

El otro policía fue hacia una fuente de agua y me ofreció un vaso estampado con la imagen de la selección mundialista de España 82. Al extender la mano la detuvo por unos breves segundos, guiñó uno de sus ojos y juro que alcancé a ver como su brazo se iba adelgazando hasta alcanzar un delgado trazo de lápiz grafito.

-Y decime -me dijo con voz socarrona- ¿Cuánto te gustó lo que viste? *¿Mucho o poco?*

## Siembra nueva

Le había estado besando el cuello hasta que llegó a la nuca. Algo como pétalos se le había pegado a los labios. Se separó de él con extrañeza, pero sin dejar de abrazarlo. Revisó su boca mientras él no detenía su resuello. Esperá, pará un momento, ¿qué hace esta florecita por aquí? Le estaba volteando el cuello para verlo mejor. ¿De qué hablás? De esto, y le arrancó una petunia color violeta que le había nacido en el hueco ese que es como un pozo suave y que a ella le fascinaba lamerle. El dolor fue agudo, de raíz así que ella fue a dar a los pies de la cama, pero sin soltar la flor le increpó ¡quién diablos te puso esta petunia ahí! ¡en qué andás! El único espejo que había en el cuarto estaba bajo el enredijo de ropa, cerca de la mesita de noche. Un espejo de esos que usan las doñitas de otros tiempos y que a él le pareció cosa de colección, así que se lo compró al del puesto del mercado que vende sahumerios, emplastes, alcoholados y conjuros baratos. Se intentó ver el dolor y ahí estaba un hilo violeta resbalando por su cuello, denso como la sangre, pero violeta y con aguijón terrible. En el punto donde debió estar la petunia quedó un orificio tan redondo como los ojos de él, completamente abiertos por el asombro de haber andado con eso ahí sin darse cuenta.

Amaranta se vistió con rabia. No le creía nada. Ni siquiera se quiso fijar en el líquido violeta que César le mostraba frotándolo entre el dedo pulgar y anular. Mirá el color, sentí lo denso, Amaranta, ¡es como sangre! No me jodás con tus florecitas aparecidas, César, mejor ándate para esos jardines donde te la pegaron. Portazo y chao. Él quedó ahí, buscando una curita para sellar la herida. Ya en la ducha se empezó a calmar la pulsación que tenía en la nuca. Antes de secarse prendió la tele y como de costumbre puso el noticiario donde pasaban los muertos diarios. Estaban anunciando una masacre cuando escuchó que desde afuera de la casa Amaranta le gritaba. ¡No creás que tampoco vamos a almorzar, verdad! Se vistió aprisa y recordó que, cuando venían para la casa, desde el bus, ambos se fijaron que un comedor nuevo estaba siendo inaugurado en el barrio. Amaranta amaba el pollo asado y ahí lo vendían con plátano verde y salsita especial. Así decía el anuncio del hombre-pollo con cartel al cuello. Podemos fracasar en todo, César, en todo, oílo bien, pero que me salgás con algo turbio no te lo perdono. No tengo la menor idea de nada, le respondió, además hace hambre, tenés razón. Al decirlo se tocó la barriga por debajo de la camiseta y sintió algo extraño al lado izquierdo del ombligo. Llegaron al comedor y él ya llevaba dos pétalos arrancados. Amaranta, la detuvo, qué, dijo ella con fastidio y ya pidiendo dos órdenes de pechuga con pierna. No, nada, le dijo César muy lejos de ahí, parado en un idílico campo de flores silvestres, al menos eso es lo que le vino a la cabeza mientras se rascaba el escozor que le provocó arrancarse los pétalos. Se fueron a la mesa del fondo y cuando ya estaban a punto de sentarse, ella le preguntó de qué se había manchado la camiseta. César se fijó que una mancha rosada estaba agrandándose justo en el lugar donde se había rascado; con movimiento despacioso se levantó la camiseta blanca. Ella vio que una begonia estaba incrustada en la barriga de él y que de sus bordes se derramaba un líquido rosado viscoso. Qué es eso, César, le dijo con más curiosidad que sospecha. No sé, creeme que no sé. Una de las dependientas del lugar encendió un televisor que habían montado sobre la caja, sintonizó primero un partido de fútbol, pero un cliente le pidió que pusiera mejor el canal de las notas rojas, así que ella, sin más, pasó al canal preferido por las mayorías. La cobertura de la masacre estaba en su punto más alto. La escena mostraba cinco cuerpos que eran sacados de una destartalada casa de madera en uno de los barrios más pobres de la ciudad. Vendían drogas, decía un policía, sin duda alguna, esto es una vendetta. El periodista, satisfecho, replicó la declaración del policía y fue armando sus propias conjeturas. La gente que estaba en el comedor pareció tener un hambre más voraz de la que traían. Sin dejar de ver la tele separaban los huesos del pollo, mascaban y echaban más salsa y sal, chupaban los huesos hasta la médula y pedían más tortillas a la mesera. Esta cosa me duele, Amaranta, dijo César tocándose la begonia, vámonos. Ella, en silencio, había comenzado a morder un muslo y pasaba de ver la begonia a ver la escena de la masacre en la tele. Solo terminamos de comer y nos vamos, le dijo casi en susurros y mostrando los dientes.

Pasaron el día echados en la cama, tocando la begonia, hasta que ella, en un arranque súbito se la arrancó de tajo. El grito de él fue de un dolor insoportable. Ella fue a dar de nuevo al piso, pero sin la rabia anterior, se le acercó y lo intentó calmar. El líquido rosado borboteaba lentamente del orificio que quedó. No lo puedo creer, decía Amaranta, y él no paraba de repetir por la gran puta por la gran puta ¡estás loca! Buscaron esparadrapo y alcohol en el botiquín y sellaron la herida. ¡No ves que está pegada a mi carne! Gritaba él. Pasó un buen rato hasta que él se fue calmando y comenzó a hacer suposiciones sobre el brote de las flores, teorías sacadas del buscador de Google, para ser precisos, y Amaranta sostenía la posibilidad de que fueran solo cabezas de vena un tanto exóticas. Pero ¿y el color? ¿qué decís del color? En su búsqueda random, César dio con una antigua creencia bosquimana que hablaba de sentir presagios en la piel, aunque Amaranta lo cortó con otro resultado de búsqueda en la que un conocido dermatólogo afirmaba que el consumo excesivo de ciertas proteínas podía desencadenar brotes inesperados en la piel. La piel, decía, es un manto de Turín que revela lo que comemos. Prendieron la tele y vieron una película de Hallmark. César despertó al día siguiente con una tranquilidad que no sentía hace mucho tiempo. Preparó el desayuno y palpándose la nuca y la barriga se dio cuenta que apenas sentía dolor donde ayer hubo flores. Encendió la tele y puso las noticias donde un grotesco presentador estaba afirmando, con voz chillona de ventrílocuo, que ellos eran los primeros en dar las noticias de los fallecidos y que siempre llegaban al lugar de los hechos antes que nadie, que si no estaban antes era porque no sabían dónde caería el siguiente muerto. Esa voz tranquilizaba más a César, lo hacía sentir en casa y en la normalidad de un día nuevo preparándose para ir a trabajar. No sabía cómo vivir sin esa ternura bizarra de escuchar allá, en el cuarto, mientras se bañaba y Amaranta aún dormía, el arrullo de aquel hombre que iba preparando la escena dantesca de los asesinados durante la madrugada, esas horas en las que él dormía profundamente seguro, aunque ahora un tanto inquieto por lo de las flores. Se estaba pasando el jabón por el pecho cuando escuchó al presentador detallar la remoción de un cadáver acribillado en la zona de los mercados. Lo han dejado como coladera, narraba el reportero en el lugar de los hechos, como matamoscas, como malla metálica, malla de fútbol, raspador de queso, ojos de mosca, cuaderno cuadriculado, damas chinas, rifa de bombas, crucigrama, agregaba César en su mente, siguiendo el juego acostumbrado cada mañana en la cual imitaba la voz del reportero estrella. Y en su mayoría, los balazos fueron en la cara, fue lo último que escuchó César al parar de enjabonarse la cara porque se palpó dos, tres, cuatro florecillas incipientes en el mentón, frente, pómulos. Salió corriendo y gritándole a Amaranta para que se despertara. ¡Buscate el espejo! ¡Está en la gaveta de arriba! Y Amaranta, todavía encandilada por la luz del sol que ya entraba por la ventana, buscaba y preguntaba a la vez. Al encontrarlo, César se lo arrebató y pudo verse como la siembra nueva que era: ahí tenía un cardo perfectamente púrpura, una sencilla y bellísima margarita, un inmaculado nardo y un apretado crisantemo de un rojo pálido que conmovía. Ambos se quedaron petrificados. Yo no puedo ir al trabajo así. Silencio y un anuncio de leche en su nuevo empaque de a litro de fondo. Tranquilo, no te deseperés. Yo no puedo salir a la calle así, Amaranta. La Cruz Roja necesita de tu ayuda, deposita en la cuenta 0156872 de Banco de Los Laborantes. No, no podés, déjame ayudarte. Los ojos de Amaranta brillaban fascinados. Los de César eran dos mables realmente lamentables, hecho añicos. Apagá la tele, le pidió César con voz quebrada, apagala por favor. Casi un susurro. Un capullo de rosa le estaba creciendo en la sien y él no dejaba de mirarla. El presentador estaba pasando a dar la noticia de un suicida que se disparó frente a sus hijos en una aldea lejana. Eso es, no puede ser otra cosa, empezó a decir César sin dejar de verse. Comenzó a reírse como si un loco entendiera por fin el chiste que le contara un perro ¡es la tele! Le gritó a Amaranta que en ese momento se sentaba a verlo desde el sofá. El cono de luz que entraba por la ventana hacía resplandecer la tonalidad de cada pétalo y César, desnudo y aún enjabonado en medio de él, parecía sacado de una estampa de faunos o elfos o cosas así por el estilo, no se lo podía explicar bien a César, pero Amaranta, con las manos juntas tapándose la boca, le aseguraba que era la cosa más bella que había visto en su vida. Y en ese momento, en medio de la risita conmovida de Amaranta, las flores volvieron a brotar, aún más grandes y coloridas, y otras más, y otras, y otras que entre el dorado de la mañana y el ruido de las noticias que a todo volumen tenían los vecinos de al lado, iban apareciendo súbita y esplendorosamente.

## El espejo giratorio

Estaba llegando a la sección de noticias internacionales y ya acomodaba los cojines en mi espalda baja porque sabía que me iba a tardar un buen rato en leer lo del atentado en Somalia. ¿Cómo pueden estar matándose tanto? -me dije. La pequeña relación de hechos me decepcionó un poco, pero las fotografías me devolvieron el ánimo. Cientos de muertos que no se veían, pero sí algunos heridos llevados en brazos por la milicia. Trataba de descifrar lo que estarían gritando en medio de aquel masivo rompimiento de tímpano cuando los destellos de luz me hicieron cerrar los ojos. Tardé unos segundos en ubicar la fuente de los rayos hasta que alcancé a ver a Meme, Paty y Jorge escondiéndose tras el muro caído de la vieja casa de doña Loly, la antigua tienda donde compraba la rifa de bombas.

-Son los nuevos rayos láser del Enterprise -me gritó Meme- y te estamos inmovilizando, no te movás.

Me sonreí. No tenía por qué enojarme. Yo mismo les compré la película pirata de la última secuela de *Viaje a las Estrellas* y, desde entonces, creo que llevaban más de cinco veces viéndola. Los tres tenían en sus manos las poderosas armas, tres pedazos de espejos rotos que reflejaban el sol de las diez de la mañana contra mi cara. Estaba inmovilizado entonces y los veía adoptar las más heroicas posiciones para dispararme, unas veces subiendo al borde del muro y otras rodando por tierra sin dejar su endemoniada puntería que ya me estaba quemando demasiado.

-Creo que no puedo estar más inmovilizado -les grité desde el porch-, ya déjenme leer.

Los tres se fueron acercando hasta llegar a la verja. Jorge me saludó como el Señor Spock, Meme como el Capitán Kirk y Paty dijo que era Kowalski aunque los demás le riñeran que ese Kowaslki no era de *Viaje a las Estrellas* sino que del submarino viejo de los monstruos. Y que además ella era una niña.

-No importa -les respondió desafiante-, Kowalski puede ser cualquiera donde quiera y enfrentarse a cualquiera ¿verdad tío Saúl?

Paty tenía un gusto vintage. Si a Meme y a Jorge le gustaban las últimas versiones de *Viaje a las Estrellas* ella prefería las viejas, las que yo seguía viendo de mi colección en el vetusto VHS. Un día me preguntó cómo se llamaba ese que aguantaba todos los golpes y misiones en *Viaje al fondo del mar*. Le dije que era Kowalski y que a mí me parecía un idiota, que bien sabía que en el capítulo anterior el Capitán Kirk lo había mandado a la sala del reactor nuclear sabiendo que ahí estaba el ente monstruoso del fondo del mar y que pese a todo él solo sudaba un poco por la indecisión y luego iba a darse en la madre con lo que sea que se le hubiera metido al submarino Seaview.

-Es el más valiente -dijo Paty con admiración-, yo quiero ser Kowalski cuando sea grande.

Mientras ellos discutían, logré leer una pequeña nota sobre el pronóstico del tiempo donde se anunciaba la inminente formación de un sistema de tormenta en el centro del Atlántico con potencial de convertirse en huracán. El carrusel otra vez, fue lo que pensé, el carrusel en la vieja feria del caribe. Habían estado pasado huracanes importantes los últimos quince años y ni uno solo rozó siquiera la isla. Cuando escuchaba acerca de un huracán en ciernes imaginaba que eso sucedía en blanco y negro y que solo afectaba a pesados galeones españoles cargados de oro en el siglo XVII. Las ráfagas grises cruzando los cielos blancos y en el centro, un ojo tan oscuro como el fondo de un tintero despedazando los mástiles del Atocha. Seguí buscando algo más sustancial y a *full color*.

-¿Qué película miraremos hoy, tío Saúl? -me preguntaron casi a coro los niños.

-Tengo los *Avengers*, aunque está grabada directamente de la pantalla y suena hueca. Hasta subtítulos en ruso trae.

-¿Pero está en español? -preguntó Jorge.

-Sí, aunque en español de España -les dije con un suspiro de hastío.

-Agggggggg, qué feooo -un corifeo perfecto de tragedia griega en la expresión de los tres-, pero no importa, ¡Mirémosla! Yo seré Thor, dijo Meme, y yo Iron Man, dijo Jorge, y yo Kowalskiii, insistió Paty reiniciando la discusión mientras se iban al solar baldío de doña Loly para seguir jugando con sus rayos láser de espejos rotos.

Desde que nacieron, los hijos de mis mejores amigos habían hecho de mi casa su guarida perfecta. Yo los miraba como réplicas en miniatura de mi propio museo de infancia. A mi edad ya debería tener una hija o un hijo, pero no encontré razones de peso a lo largo de los años ni un amor suficientemente dramático para sacarme de mi atesorada vida de soltero. Daniel, Gerardo y Oliver venían entonces a casa y los traían, algunas veces con sus esposas y la mayoría de las veces solos. Sus esposas se dieron cuenta muy pronto que mi casa era la perfecta sala de soltero que todo hombre casado quiere tener en su propio hogar de casado, ya sea en un sótano o en un ático y, de manera unánime y soslayada, decidieron que era mejor que vinieran a casa en lugar de estropear su propio sentido del decorado o que sus maridos anduvieran por ahí sin saber exactamente con quién, pero, sobre todo, vieron en nuestro apartado -mi casa- "la casa de juego ideal" para sus hijos. Así que ellas -que apenas conocía- se iban turnando sus propias casas y se reunían cada jueves a vivir una negociada y lúdica soltería mientras sus esposos bebían conmigo en la terraza y los niños se iban a la sala de cine -como así le decían los muy felices- a ver películas en mi televisor de 65 pulgadas, que era la envidia de mis amigos, a lo cual yo les respondía con puyas acerca de las ventajas de un soltero que gasta su dinero en lo que quiere.

Ese día era jueves y ya habían pasado siete años de ese ritmo de familia extendida, cofradía que terminamos llamando La Sagrada Orden de los Solteros Anónimos. La noche llegó pronto con todo y luna llena y ya estaba regresando desde mi trabajo en el Mall. Trabajaba en una tienda de equipos electrónicos y había logrado el puesto de gerente de tienda lo que me permitía ciertos descuentos jugosos en las compras de lo que ofrecíamos. De ahí mi atrevimiento con el televisor de 65 pulgadas 4K. La tarde entera la pasaba entre televisores y super equipos de audio y maquinando la forma de encontrar otro trabajo. Total, ya tenía mi casa equipada con toda la tecnología que podía ofrecer la tienda. A lo mejor me concentraba en encontrar trabajo en una tienda de carros y así, motivado por las irrepetibles circunstancias, obtener uno a bajo precio.

-No me gustan los carros -le contesté a Oliver-, le quitan demasiado espacio a la gente de a pie.

Gerardo había traído cuatro *six pack* y el delicioso tsss de las latas abiertas ya marcaba ritmo en la terraza. Abajo, los niños miraban los *Avengers*. Nosotros mirábamos las estrellas de una noche completamente despejada.

-Pero eso de andar en bus quita curriculum, viejo -me dijo Daniel-, en mi trabajo hasta investigan el Facebook de los aspirantes a empleados para ver si tienen el estatus o las ganas de superarse. El de recursos humanos me contó que tienen una técnica psicológica industrial para determinar el perfil de los aspirantes según el carro que tienen.

Daniel se tiró una carcajada larga. La carcajada de alguien que tiene su propio negocio.

-Sí que son animales -repetía-, ¡son unos basura!

Daniel siguió explicando algo más sobre la conveniencia de tener crédito para el carro en una sociedad para nada *vintage* y necesitada de aligerar las comunicaciones. Además, me dijo, comprarte un juego de salas decente no te caería mal.

-Soy minimalista -le dije mientras destapaba mi segunda cerveza-, me gusta andar descalzo en la alfombra y que nada se interponga entre la imagen de la tele y yo, además el *home theater* suena más nítido. Adquiere significado. Mi hogar es un teatro.

-Pero en verdad ¿de qué te sirve ese televisorzaso sin solo mirás películas viejas? -me preguntó Gerardo, el que siempre insistía más sobre mi soltería, aunque yo sabía que era por pura envidia.

-Pues a tu hija le gustan las series viejas. Imaginate, se cree Kowalski.

Seguimos en esa cháchara hasta que llegó el turno del huracán. Ninguno de los que estábamos ahí creíamos que afectaría en algo más que lluvias fuertes y una que otra danza de los árboles. Ni siquiera las noticias de hoy le dieron un puesto importante en sus apartados. Será como los otros, concluimos, nos dará un par de días sin ir al trabajo y veremos *Juego de Tronos* repetida en todas sus temporadas, comeremos pizza y al día siguiente haremos *barbecue* aquí mismo. La verdad, los huracanes era un buen momento para encerrarse y no verle la cara a nadie, convenimos, y brindamos con espíritu socarrón. Meme, el hijo de Oliver interrumpió preguntando en voz alta por qué su pedazo de espejo no destellaba con la luna.

-Porque la luna es el arma gigante de los Treknonianos y anula el poder de tus pistolas -le dije con voz de extraterrestre, algo que pareció convencerlo. Se retiró haciéndole amagos a la luna, que en verdad estaba muy grande. Demasiado grande.

Al día siguiente, los diarios y noticiarios radiales y televisivos anunciaron en sus titulares que algo sorprendente había ocurrido en el sistema de tormentas en el transcurso de las últimas 48 horas. Había acelerado su consolidación y estaba a pocas horas de atravesar la isla de lado a lado. La situación era alarmante y absurda. Habían mandado a un avión caza-huracanes pero no había regresado a la base en Florida y los satélites ahora estaban enviando la imagen de un círculo perfecto de trecientas millas de diámetro que se acercaba -se deslizaba- con un movimiento silencioso aunque en exceso brillante. La gente empezó a llamar a comunicación directa con los estudios y reclamaban que esa era una información demasiada difusa. Algunos llegaron a asegurar que era una campaña expectativa de algún producto comercial y otros, exigían apreciaciones científicas acerca de la densidad del fenómeno.

Yo le pedía a uno de mis compañeros que conectara en línea todos los televisores de la sala para que la gente que compraba en ese momento pudiera ver la noticia. Apareció entonces, multiplicado, el enorme círculo sin brazos en espiral que se dirigía a la isla visto desde el espacio.

-¿Eso es un huracán? -me preguntó una muchacha que aún tenía un par de audífonos de muestra puestos en sus orejas.

-Pues…-alcancé a balbucear.

Los periodistas hacían bromas nerviosas en los estudios, pero también pedían que cualquier especialista autorizado por el gobierno hiciera presencia en el estudio para aclarar mejor. Decidí que desconectaran las teles de la transmisión y que volvieran a exhibirse las acostumbradas frames de prueba de fidelidad y color. Una mariposa monarca aleteando lentamente o una orca zambulléndose en el océano Ártico podía devolver la cordura a la tienda y tranquilizar a los compradores. Y en efecto, resultó. Esa mañana vendí diez televisores de 65 pulgadas 3D. Un señor con pinta de ex yuppie me dijo que con un 3D quizá podría darle espesor a la bidimensionalidad de imagen que la NASA estaba distribuyendo. Pagó al contado y me deseó suerte. ¿Suerte? ¿Es que acaso se lo creían?

-Mantenga la tienda abierta hasta nuevo aviso, Saúl -me dijo el gerente general desde su celular-, un amigo ingeniero electrónico que trabaja en el aeropuerto me advirtió que han cancelado la mayoría de los vuelos porque se han presentado bloqueos en las ondas de radio y satélite en la torre de control, así que es posible que los celulares queden fuera del aire.

-¿Y eso en qué puede afectar la tienda, don Pazzi? -le pregunté incrédulo.

-Número uno: no podré avisarle que cierre si no hay celular, será a su propia discreción. Número dos: Debemos vender hasta el último artículo porque estamos a punto de entrar a una era sin conexión eléctrica.

-Pero ¿eso cómo lo sabe? -le pregunté alarmado a don Pazzi, temiendo que supiera mucho más debido a sus contactos. Por respuesta solo recibí un silencio, que me pareció bastante parecido al que el Seaview emitía cuando se sumergía, allá en los sesentas, hacia el fondo del mar. A media tarde ya no había casi nadie en el Mall así que pedí que conectaran de nuevo el noticiario a los televisores de la sala. Apareció un militar entrevistado por una meteoróloga en lugar de una de las periodistas del staff de prensa acostumbrado. Los técnicos y camarógrafos no disimulaban su pasmo y dejaban que las cámaras estuvieran muy fuera de cuadro y se miraran los boom oscilando sobre el set.

-Usted no me va a venir a decir que el huracán es un espejo que rota lentamente hacia nosotros, discúlpeme ¿por quién me está tomando?

-Mi intención no es burlarme de usted -le respondió con embarazo el militar, con un fuerte acento inglés-, pero usted ya no está en capacidad de informar como siempre lo ha hecho. Esto queda a cargo de nosotros.

-Nunca imaginé escuchar esto en mi vida -exclamó la meteoróloga viendo con estupor hacia todos los presentes en el set, como buscando apoyo-, si este es un huracán es mi competencia y si es un espejo pues llamen a la bruja malvada de Blancanieves.

-No es un huracán, es un espejo. Disculpe que sea enfático en esto -dijo el militar ya recuperada su voz de mando ante la burla de la meteoróloga-. Ya hemos perdido dos C-130 caza-huracanes, o sería mejor decir, ya aterrizaron en el anverso del espejo dos C-130 y no encontramos la forma de recuperarlos con su tripulación. Resulta que la superficie es demasiado lisa para que retomen impulso y…

Esto es demasiado, me dije. Ordené que apagaran todo y que cerraran de inmediato la tienda. Reuní a todos antes de bajar las cortinas y les dije que estuvieran pendientes de las noticias y que se llevaran un par de paquetes de baterías para linternas y radios cada uno. Me apresuré a la estación de buses pero luego de esperar por una hora me di cuenta que la mayoría de los que esperaban regresaban a sus casas caminando. Fue una caminata de regreso larga que me tomó tres horas y a pesar de que caminaba junto a centenares o miles, nadie se dirigía palabra alguna, como caudal de zombies sin deseos de cerebros. Todos mis amigos estaban en la puerta de sus casas junto a sus esposas. Los niños saltaban y se ocultaban entre los carros y me recibieron con una descarga de destellos de espejos. Ya eran las siete de la noche y no entendí de inmediato de dónde podían estar sacando luz de sol para sus "pistolas".

-Mirá, tío Saúl -me gritaba alegre Paty- ¡los treknionanos se aliaron con nosotros y nos pasaron su poder!

Juliana, la esposa de Oliver me preguntó por qué me había tardado tanto en regresar, que debió ser peligroso y Oliver se le unió para recordarme lo bueno que era tener carro. Gerardo llegó por la acera con un *six pack* y me ofreció una cerveza que bebí de un solo trago. Me dijo que la luna había adquirido mayor fuerza con el huracán-espejo y que por eso las armas de los niños disparaban como bajo el sol. Me percaté en la tranquilidad asumida que tuvo Gerardo al referirse al "huracán-espejo". Sí, como cualquier definición del vocabulario leída en una enciclopedia canónica: el hombre-rana, el monta-carga, el monda-dientes, el pasa-manos, el porta-aviones. La mentalidad de semejante irracionalidad ya estaba compuesta en la cabeza de todos por los medios y todos aguardaban con tranquilidad el nuevo informe, lo asumían como algo novedoso en la temporada bajo el cual un barbecue no sabría nada mal. Me fui a encender la tele y solo recibí ruido blanco o quizá la toma cenital de la isla desde el huracán-espejo donde cada uno de esos puntos enloquecidos éramos nosotros llenando las calles. Encendí el equipo de sonido y nada. Me confortó que aún hubiera energía eléctrica y decidí que podría ponerles otra película a los niños. Crucé la acera y se lo propuse a sus papás y mamás. Casi saltaron de alegría. Que ya no encontraban qué hacer con sus hijos, me dijeron, que llevaban pocas horas en casa pero que los estaban volviendo locos porque no tenían nada que ver en la tele. Daniel hasta me preparó un choripán y me dijo que nos fuéramos todos a la terraza de la guarida, incluidas las esposas. Jorge y Meme se le adelantaron a Paty y me pidieron que les pusiera *Kung Fú Panda*. De inmediato supe la emboscada. Paty no podría ser Kowalsky en ninguna forma animal. Cuando se enteró calló por unos segundos y luego empezó a convencer a Hazel, su mamá, que me pidiera por favor, por favorcito, que pusiera mejor *Madagascar*, que ahí salía un pingüino que se llamaba Kowalski. Los niños se revolcaron en la alfombra, furiosos, pero después se los fue ganando la comedia y se apaciguaron.

Ya en la terraza, reunidos por primera vez esposos y esposas y dueño de la guardería -nada de Guarida, había dicho Ethel riendo, esposa de Daniel, Guardería de los solteros anónimos- me di cuenta de que el ambiente había cambiado. Desconocía a mis amigos tanto como nunca había conocido a sus esposas. Cada pareja activó sus propios protocolos de presentación ante la sociedad y hasta el acento y los temas cambiaron. Un extraño circuito de imanes rechazándose y midiéndose, eso es lo que era esa terraza. Las cervezas se bebían con rapidez en un afán de que, enchispados, se pudiera encontrar el ambiente que abajo tenían los niños ante la tele, pero el suministro se acabó sin haber alcanzado el punto exacto donde todos nos sintiéramos cercanos o cómplices. Ethel fue la primera que dejó de ver de reojo y dijo que las cervezas le habían bajado sueño. Se disculpaba con una sonrisa de Miles Cyrus en cualquier portada de *Vogue*. Juliana codeó a Oliver y éste se disculpó por retirarse tan pronto ya que debía revisar si las baterías funcionaban en las linternas por si se iba la luz. Lo demás fue desbandada y protestas de los niños porque *Madagascar* todavía no terminaba y que ya comenzaba a gustarles Kowalski de pingüino y Paty preguntándome si tenía *Flipper* o *Lassie* en blanco y negro o ya de perdida la *Bengie* ochentera.

Quedé solo y agradecí que se hubiera dado esa dimensión desconocida en la terraza. Esa noche soñé que mis amigos y yo éramos unos maniquíes aburridos modelando sacos pasados de moda. Al otro lado de la calle, en la vitrina de una super tienda de Gucci, los bustos de plástico de mujeres rapadas escupían hacia el vidrio para que desde afuera nadie alcanzara a ver las joyas en sus cuellos.

Me desperté a las 8 de la mañana. Probé a encender la lamparita de mesa, pero ya no había energía eléctrica. De la calle venía un fuerte resplandor, muy similar a la luz que se da en los acuarios donde se puede ver el fondo de las piscinas a través de una pared de vidrio. Las iridiscencias eran sublimes y me dejé llevar por algunos minutos por la sensación de estar bajo el agua. Rompí el hechizo y salí a ver. Vestidos con sus pijamas los niños hacían muecas viendo hacia arriba, sus mamás y las otras mujeres de la cuadra tenían una expresión entre arrobo y miedo, pero no dejaban de arreglarse el pelo también viendo hacia arriba. Daniel llegó hacia donde estaba, cuidando de no tropezar con los niños a quienes dejaba que hicieran las muecas más horribles y que rieran sin parar.

-Saúl -me dijo Daniel con la cabeza en dirección al cielo-, en la única radio que está transmitiendo dicen que se ha estacionado.

Levitando sobre la isla, en todo su diámetro descomunal, un nítido espejo reflejaba con detalle inusitado cada sector de la ciudad, cada montaña, el vuelo patas arriba de los pájaros, las terrazas desoladas. Las muecas de Paty, Jorge y Meme. Fui siguiendo la curva de su circular portento y no alcancé a calcular a cuanta altura estaba ni a qué velocidad lentísima giraba, pero en la infinita incertidumbre del reflejo alcancé a ver que se podía percibir como si estuviera cerca y a la vez lejano. Cuando lo percibí cercano, pude ver que su filo había cortado todas las copas de los árboles y que se podía alcanzar a detallar los gestos de mi cara, como en cualquier espejo a mano en casa. Hasta me podría afeitar volteado hacia arriba. Sin embargo, apenas con un pestañeo, podía devolverlo a una visión panorámica que alcanzaba a reflejar el mar, así que, a partir de una extensa zona, era de ese mar de donde provenía la sensación de luz atravesando el agua azulada. Cientos de personas, centenares de miles se dilataban en la extensión del reflejo, rotando lentamente como el mismo huracán-espejo.

-Pero Daniel -le aferré el hombro sin dejar de ver hacia arriba- ¿cuánto tiempo dicen que va a estar eso ahí?

-No saben. Solo han insinuado que mucho.

El cuello me empezaba a doler. Calculé cuánto podría ser mucho y las consecuencias a la sanidad mental colectiva. Imaginé la primera fase de encantamiento -en parte ya la estábamos viviendo- y su imposible cotidianeidad irresistible. Imaginé la segunda fase narcisista y el surgimiento de un nuevo amor hacia sí mismo. Imaginé la etapa de rechazo y la huida a su reflejo, los bunker anti-imago, el pánico de tener los ojos de todos y los propios siguiéndonos todo el día en un día interminable.

-Demasiado peso -me dije-, demasiado peso.

-¿Cómo? -me dijo Daniel- Estás equivocado, un especialista en clima estaba diciendo en la radio que la presión barométrica de este espejo era nula, que solo estaba ahí, rotando sin fricción alguna.

Logré mirarlo luego de un esfuerzo en verdad trabajoso. Estaba fascinado. Daniel me había dicho eso con el tono de un converso que acepta la más extraña fe. Ethel se fue acercando a los niños que se tiraban al suelo y rodaban sin dejar de verse en el reflejo. Tranquilos niños, les decía, no tengan miedo, es solo un espejo, no un huracán. Sí, decían ellos y seguían dando vueltas como cachorros retozando en su primera grama sintética. Gerardo y Oliver se unieron a la plática sin dejar de verse las enormes barrigas cerveceras que, vistas desde arriba, alcanzaban un rango en verdad patético. Pero ellos reían. Sus esposas reían y adoptaban poses de modelaje.

Oliver dijo que escuchó que habían mandado un gigantesco Galaxy a aterrizar al otro lado del espejo, con una tripulación de científicos especialistas en cristales y en aerodinámica. Los rusos habían exigido estatus de interés internacional, como el caso de la Antártida y ya estaban mandando un súper Antonov al caribe.

-Demasiado peso -repetí-, demasiado peso.

-Yo quiero ir -exclamó Paty más que entusiasmada- conozco muy bien a los treknonianos y sabré averiguar que desean.

La energía eléctrica no volvió, pero a nadie pareció im-

81

portarle. A un mes del estacionamiento del Huracán-espejo sobre la isla la iluminación de todos los reflejos impuso un nuevo ritmo del cual todos se satisfacían. Yo quedé sin trabajo por la bancarrota en cadena de todas las tiendas electrónicas, aunque don Pazzi encontró la manera de reconvertir su inversión hacia el negocio de la oftalmología. La población había adquirido el hábito de mirar. Mirar con insistencia lo que quería con solo elevar el mentón y cambiar ángulo de visión con apenas un parpadeo: asaltos en directo, incendios que se desataban en fábricas, accidentes espantosos de carros y buses, partidos de béisbol sin pagar, parejas hardcore en plena acción en las terrazas y campanarios de iglesias, persecuciones policiales, asesinatos snuff llevados a cabo en descampados. Cada mirada era un dron y cada dron un hombre o una mujer sentados y viendo hacia arriba mientras mascaban palomitas en cualquier parque o azotea. Yo sentía el peso de toda esa ausencia porque hasta los niños cambiaron sus hábitos de alborotar los jueves en casa. Mis amigos no regresaron tampoco. Preferían subir al techo de sus casas y pasar largas horas boca arriba. El cansancio iba cerrando los ojos de miles al igual que ellos y entonces el reflejo se iba apagando gradualmente hasta dejar solo un tenue resplandor que daba para entender la llegada de la noche.

Una mañana, mientras releía en mi porch los viejos diarios y revistas que ya no se imprimían, fiel a las prácticas de un mundo recién perdido, la pequeña Paty me hizo guiños con el reflejo de un espejo roto. No podía creerlo. Me asombré de que ella insistiera de nuevo en jugar con el ahora viejo juego. Me levanté y fui hacia el muro donde estaba. Ella me recibió con una enorme sonrisa y agitaba las manos urgiéndome que me acercara para contarme un secreto.

-Tío Saúl -me dijo en un susurro-, los treknonianos me avisaron que todo se romperá. Me mandaron esta arma para que esté preparada para iniciar la guerra.

-¿De dónde lo sacaste? -le pregunté- Ya no hay espejos aquí desde que eso se quedó ahí girando.

-Me lo tiraron ellos anoche. Hay muchos más regados en los patios.

Empecé a revisar el espejo con minucioso cuidado y entonces alcancé a notar pequeños agujeros que aparecían de manera aleatoria. El espejo estaba quebrándose de manera imperceptible. Le pedí a Paty que me acompañara a su casa. Toqué la puerta y Gerardo me abrió con prisa y cara de preocupación. Estaba escuchando la radio.

-Apurate, entrá -me dijo-, la NASA acaba de informar que los rusos no se amilanaron y aterrizaron el súper Antonov anoche. Están diciendo que luego de medir el espesor del Huracán-espejo han llegado a la conclusión de que no aguantará.

-Ahora comprendo, sí, eso ha sido -le dije-, Paty me estaba enseñando un pedazo de espejo y...

No alcancé a terminar la frase. Un descomunal estallido sonó en todas las direcciones. La luz varió de inmediato y se volvió plana, sin las iridiscencias del pez fantástico que tuvimos las semanas anteriores. La expresión de desconsuelo de Hazel al salir corriendo del baño me conmovió. Una especie de río transparente reclamaba su antiguo cauce perdido con la fuerza de una cascada fragorosa y a la vez tintineante. Era el vacío que caía en trillones de pedazos.

Las noticias también volvieron al redil luego del restablecimiento de la energía eléctrica. Informaban de cientos de heridos. Advertían del peligro que representaban las esquirlas incrustadas en las ciudades. Un campo espejeado que cortaba -pensé- o un perfecto espejismo hecho trizas. En la primera plana del diario aparecían las ambulancias atendiendo las emergencias y una foto en especial mostraba el lugar donde el súper Antonov había reventado e incinerado la refinería del Este con su caída. El Galaxy cayó en el campus de la universidad pública y los dos C-130 muy cerca de la Gran Represa del Norte. Era un desastre. La gente parecía despertar de una larga hipnosis y daba testimonios en verdad aterradores. Estaba inmerso en uno de ellos cuando sentí los destellos de luz en mis ojos. Una brisa muy fresca parecía soplar en los haces lumínicos. Jorge, Meme y Paty volvían a tomarse por asalto el muro de doña Loly y me "inmovilizaban", ahora en nombre de la Alianza Treknoniana.

-Tío Saúl -me desafió Meme-, a que no te atrevés a venir por nosotros.

-Noooo, tío -me gritó Paty-, ¡todo es una trampa!

-¡Callate Kowalski! -le gritaron Jorge y Meme a Paty, fingiendo brutalidad y ya convencidos de que ella era Kowalski.

Yo seguía inmovilizado. Los destellos en los pedazos de espejo eran en verdad poderosos. Estar inmóvil, aún en medio del mundo incrustado de filos, era algo así como estar en paz.

# Karora

*El ser que puede ser comprendido es lenguaje*

(Habermas)

Ese día, al entrar a la sala de exposición me sentí defraudado. El boleto resultó ser más caro de lo que suponía para una muestra que apenas fue socializada tres días en las redes. El afiche mostraba solamente la palabra Karora, y quizá lo que me atrajo no fue la enigmática palabra, sino que la delicadeza de la fuente utilizada parecía tener pequeñísimos destellos, como los que reflejan las armas blancas. Supuse que había que apostarle a una designación diferente a los ya acostumbrados nombres que se les daba a las exposiciones de arte contemporáneo, más dadas al pleonasmo cool que al mensaje objetual.

El boleto costaba casi lo que me pagarían por escribir -insistí al magazín especializado para que me dieran esa nota- aún y cuando apenas tenía referentes del artista. Sabía que era un australiano que montaba esa misma muestra cada diez años, luego de permanecer todo ese tiempo absolutamente aislado en los alrededores del Monte

Uluru, esa inmensa piedra-meseta que algunos aficionados al exceso ven como el tronco de un inmenso árbol cortado por un dios inmemorial. *El artista del Tiempo del Sueño*, le llamaban, y en Australia no era muy querido, al parecer, algo que refrendaba una vieja nota cultural del pequeño pueblo de Yulara, en la que decía que *Dreaman*, se había "pasado por alto todos los más básicos pudores del ser". Luego de Yulara, montó la muestra en Melbourne -nadie escribió nota alguna-, en Manila, Sylt-Alemania, Cuzco, Puerto Montt-Chile y, el resto, en los tres mejores museos del mundo. Como sea, el asunto es que, a pesar de una espera tan larga y de tan exiguas notas críticas, *Dreaman* lograba que los curadores le abrieran de par en par las puertas bajo su exigencia de no presentar nada más que Karora. Entré, entonces, con la disposición de mantenerme durante el recorrido lo más decididamente semántico, sintáctico y pragmático posible. Todo con tal de ser el primero en crearle una narrativa adecuada y extensa al enigma.

La enorme sala que abría el montaje estaba pintada de blanco y un riel de sistema de iluminación led estaba suspendido en el centro, a un palmo del piso pintado de negro. No pude evitar reírme con sorna. Muy común, me dije, muy previsible ¿Y ahora qué? ¿En la otra sala la iluminación estará a un palmo del techo, iluminándolo y haciendo que la luz derrame penumbras por las paredes? En efecto, la siguiente sala era lo que pensaba, con el pequeño agregado de una espiral blanca que cubría todo el piso, también pintado de negro y una especie de maniquí de aborigen australiano, apenas definible entre las sombras. Es pequeño, escribí en mi libreta, está semidesnudo, *Dreaman* es australiano, por lo tanto, ese hombre de en medio, apenas silueteado es un aborigen australiano. ¿Ochenta años pasaron para algo tan despojado de profundidad? Escribí. Un momento ¿Quiere que lo acompañe? El aborigen vino hacia mí, tomó mi libreta y la puso en un rincón de la sala, luego regresó para conducirme, tomado de la mano, hacia la siguiente sala que era más bien un espacio en forma de embudo pintado de azul plomo. Atravesamos la sala apenas iluminada y él se detuvo. Me dejó ahí, ante cuatro figuras geométricas suspendidas en medio de la sala. Se trataba de un cubo, una pirámide, una esfera y un cilindro que, de manera oblicua, giraba alrededor de las otras figuras. El aborigen comenzó a canturrear algo parecido a una salmodia y yo comencé a sentirme inquieto. Aquí falta un diyiridú, me dije, y del vórtice del embudo inverso fue bajando lentamente un diyiridú que el aborigen agarró para sí. El sonido del instrumento fue llenando la sala y pude percibir cómo la sala-embudo comenzaba a palpitar de manera casi imperceptible, como si el aire necesario para sacarle sonidos al diyiridú se produjera de la compresión rítmica de las paredes curvas. Es un inmenso fuelle este lugar, ¡es una membrana! Le señalé al aborigen que no dejaba de crear la melodía de un pájaro antiguo. Cerré los ojos y lo imaginé con alas parecidas al de un grifo persa y la cabeza desproporcionada de un calao de madera.

Al abrir los ojos ahí estaba el pájaro batiendo sus alas con ese movimiento entrecortado de las viejas series stop motion que tanto me gustaba ver de niño. La melodía del diyiridú se detuvo. El aborigen se me acercó y me elevó el brazo izquierdo. Eres brazo, dijo. Luego me fue separando los dedos uno a uno e hizo que mi índice señalara al pájaro que seguía ahí, gravitando en torno a las figuras. Eres dedo y cielo, dijo. Sentía que no tenía nada de voluntad para detener ese juego que no me ofrecí jugar. El aborigen tomó mi pierna derecha y me la dobló completamente, en posición de caminar, hizo inclinar mi espalda y me dijo que era pierna, espalda, camino cojo. Cuando me di cuenta de que era una simple figura abandonada a su capricho le pedí que se detuviera de inmediato, que no iba a tolerar más esa burla. ¡Ah, el clásico happening que los artistas emergentes tienden a experimentar en los demás y no seré yo quien les haga la obra! grité encolerizado. Eres palabra, eres miedo, respondió el hombre a la vez que comenzaba a cantar Karora, Karora, haz derramar el agua de Ilbalintja. Tú no curador, curador sólo Karora.

Sentí que el absurdo había llegado demasiado lejos y decidí pararlo de una buena vez. ¡Ya no sigás diciendo esas estupideces, te digo que te callés! Y la sala quedó en completo silencio. El pájaro desapareció, el embudo membrana desapareció, sólo flotaban las figuras geométricas que en ese momento se me revelaban absurdamente humanas. Su tamaño era como de un metro y medio de diámetro y la superficie de cada una de ellas era de piel humana. Me acerqué despaciosamente sin poder contener mi asombro. Las figuras tenían incluso las protuberancias que dan los huesos al tensionar la piel y, sin lugar a duda, pequeños espasmos producían escalofríos sobre eso que no era. Busqué al hombre detrás de mí y ahí estaba él, sonriéndome, con una transparencia de ochenta mil años y ofreciéndome un filoso cuchillo. Rompe el alba para que Karora despierte, susurraba, trázale un círculo en su piel y luego otro alrededor del primero y un tercero alrededor del segundo y uno más grande alrededor del tercero. Debo admitir que tomé el cuchillo con curiosidad y anhelo. Las formas geométricas me estaban haciendo sufrir algo parecido a la melancolía y eso no lo soportaba más. Pensaba en cómo iba a describir todo aquello, pero ya no importaba en realidad. Antes de cortar la piel, cerré los ojos y pude ver que la meseta de Uluru retoñaba de nuevo, crecía desde su tronco cortado y se convertía en un titánico árbol cuya sombra era Australia completa. Yo, Tjenterama, estoy ahora cojo, sí, cojo. Y de mí cuelgan las simprevivas púrpura. Soy un hombre como vosotros; no soy un *bandicut*, dije, sin saber lo que quería decir. Las palabras solo brotaban mientras iba hiriendo circularmente al cubo, a la pirámide, a la esfera y al cilindro. El diyiridú comenzó a sonar de nuevo y todo quedó a oscuras.

*Dreaman* murió cinco años después y los medios especializados cubrieron la noticia como si se tratara del más grande artista del arte contemporáneo. En las transmisiones de televisión un helicóptero mostraba la vista aérea del desierto alrededor del Monte Uluru y una pequeña cabaña en la que, según se decía, *Dreaman* creó su ahora celebre Karora. Todos los que nunca habían ido a sus muestras querían saber cómo era su obra, en qué consistía su fama, qué aspecto físico tenía ese hombre enigmático dueño, de acuerdo con las cuentas de los bancos a su nombre, de una multimillonaria fortuna que heredó a la conservación de los dingos salvajes. Ninguno de los curadores o visitantes de los museos soltó prenda alguna sobre la experiencia, mucho menos yo, que preferí perder mi espacio de crítico de arte antes que me consideraran un loco.

## Ctesifonte

*Puse el pie en esa parte de la vida a la que no debe pasar aquel que pretende volver atrás.*

(Orham Pamuk – *La vida nueva*)

En ninguna de las traducciones sobre la tentación se ubica el lugar donde hemos sido tentados alguna vez. Sin embargo, se coincide que el sitio debe tener una altura suficiente para abarcar de una sola mirada a las naciones, que debe soplar el viento y escucharlo en muchas lenguas, incluidas las muertas. Yo he hablado en lenguas muertas mientras duermo y también he sido tentado por el vacío. Muchas veces el lugar más alto fue a ras de suelo y ninguna nación se me presentaba adelante, sólo mi sombra como la sombra en picada de una torre insignificante que se iba abajo, socavada por las aguas.

De elegir un lugar para la mayor de las tentaciones -las tentaciones pueden ser inmisericordemente pequeñas- elegiría ese arco del antiquísimo palacio real de Ctesifonte. Desde ahí vería las ruinas de las naciones y el viento y la lluvia silbarían su tonada antigua. Quiero quedarme con esa imagen de Ctsesifonte antes de vaciarme en el espanto, sí, pero, sobre todo, quisiera creer que la persona que está ahí, tendida en el patio, absorta y mal oliente ante la eternidad y su altura, puedo ser yo, en cualquier lugar, en cualquier hora insulsa.

El invierno ha sido tan denso en los últimos meses y ha hecho que de la sensación melancólica de las primeras ráfagas pase de inmediato a una sórdida repulsión por todo lo que las gotas pudren. En medio de una sensación ausente, cada gota de lluvia que escucho me va aplastando cada vez más y cada noche, cada tarde es el día en que Ctesifonte eleva ruinas y tentaciones para luego derribarlas lentamente, en una masa húmeda. He considerado necesario repetirme en voz alta lo que germina dentro de mí como hiedra mala y asfixiante. Escribirlo en las más altas horas de la noche mientras afuera se va sumando el sonido de los mangos que caen, podridos, llenos de agua, ya abiertos por sus gusanos transparentes. Caen con un golpe sordo, una tras otro, durante días y días. Caen y cubren el patio como bubones de una peste incurable venida del cielo.

Noche tras noche ese sonido seco de los frutos que esperábamos en casa desde el verano. La primera floración completa de un árbol que sembramos hace muchos años y que jamás tuvo la fuerza necesaria para hundirse en la plataforma arcillosa donde fue construida esta urbanización inhumana, yerma. Cuando lo vimos crecer nos alegramos de saberlo el único que pudo hacerlo en toda la colonia, aunque sabíamos que su copa era desmedida para sus raíces y que su sombra era enferma, pálida, incapaz de dar frescura. Eso era lo que más nos intrigaba. Estar bajo él era como permanecer de pie ante un horno de brazas espectrales. Ni siquiera los pájaros se detenían en sus ramajes –al menos nunca los habíamos visto- ahuyentados por cierta vibración que comenzaba en sus hojas más bajas y que terminaba en la punta más quebradiza de su achatada silueta. Aun así lo integramos a la conciencia de la casa, como se le da espacio a una mascota informe, a una torva criatura que se asume a pesar de su evasiva certidumbre. Muchas veces quise cortarlo y muchas veces desistí de ello pensando en darle más tiempo para que acumulara savia buena –eso pensaba en ese entonces-, aún y cuando hasta sus hojas recientes muy pronto iban adquiriendo manchas blancas primero y luego un creciente rubor café que las iba estrujando rápidamente hasta hacerlas polvo. Quedaba seco durante mucho tiempo hasta que de improviso regresaba su intento, como la profunda inhalación y exhalación de un viejo animal en agonía. Esta vez sí echará frutos, nos decíamos, pero la marea café regresaba desde su interior, las pústulas afloraban en su corteza, su lepra lo abrasaba en su viscosa fiebre. Y así, volvíamos a pensar en arrancarlo de cuajo. Hasta este fin de verano en que las pequeñas florecillas amarillas brotaron fuera de estación. Y luego los diminutos frutos, como una colección de verdes corazones de aves que alguien fue colgando con suma delicadeza. Nos alegramos mucho ante el súbito portento, pero, inmediatamente, al acercarnos a su tronco, tuvimos un sobresalto al encontrar alrededor de él restos de plumas ya convertidas en humus. Eran cientos de plumas de todos los tamaños.

## 2

Esa misma noche comenzó a llover. La lluvia caída sobre cada ruina del mundo desprendía los mangos que, en su oscuro percutir, nos iba sumiendo en una profunda tristeza. Apenas cerrábamos los ojos sentíamos la caída y la acuosa explosión de la valva, en mil gotas, esparciendo su sabor de asco. Los frutos se fueron acumulando, volviendo inútil el intento de recogerlos. Apenas llegaba la noche llegaba la lluvia y con ella la tumoración sobre las baldosas del patio. Cada día calculábamos cuántos mangos más quedaban por caer de las ramas, pero siempre las cuentas nos salían mal y éramos testigos de la incontenible aparición de nuevos racimos.

Una tarde, comprobé que ya quedaban muy pocos, apenas una media docena, quizá, pero la sorpresa fue que al mirarlos de cerca todos ellos estaban en perfectas condiciones, no tocados aún por la enfermedad, brillantes como el sol que anunciaba el fin del copioso invierno. Los mosquitos desaparecieron de improviso durante el final del día y, como si se tratara de una despedida, la última lluvia llegó sedosa, casi imperceptible, casi sombra liquida. Nos apresuramos al aseo del patio con todas nuestras energías, limpiamos las manchas que se fueron tatuando por semanas e incluso, cenamos ahí mismo, sacando conclusiones para decidir, de una vez por todas cortar al día siguiente el árbol entero. Nada de podas, nos dijimos, cortarlo, sí, hundir la barra hasta la cofia y luego plantar una plancha de cemento sobre el lugar. Sintiéndonos muy cansados pero satisfechos por la decisión, nos dormimos temprano. Yo soñé que en un camino polvoriento y seco encontraba un cascote desprendido de un templo antiguo. Lo tomaba con curiosidad y llamado por una fuerza poderosa, levantaba la vista para encontrarme a los pies de una enorme construcción semi-destruida en la cual aún se sostenía la línea cóncava de una cúpula, partida de manera transversal. Justo en el punto donde las dovelas se unían con precario equilibrio, notaba que el hueco que ahí se formaba tenía la misma forma del cascote que había levantado del suelo. Al mirarlo de nuevo sentí que su peso aumentaba tanto que ya no podía sostenerlo y que, a la vez, iba adquiriendo la silueta de una tosca figurilla humana, similar a una ofrenda votiva de incalculables años. Mi corazón comenzaba a latir con violencia y un enorme golpe se dejó escuchar en los muros, retumbando en el recinto entero.

Desperté a las sacudidas de mi esposa, quien asustada me preguntaba si había escuchado lo que cayó en el patio. Eran las cinco de la mañana. Le pregunté sobre lo que había escuchado y me aseguró que algo pesado, nada pequeño, había caído secamente. Dominando mi desconcierto ante el súbito despertar, me levanté y fui hacia la puerta trasera, abriéndola con mucha cautela. La luz del amanecer era plomiza y sucia, como un paño usado para refrescar a un moribundo. Había un completo silencio y en el centro del patio, un cuerpo humano. Un hombre desnudo y en posición fetal. Un hombre cuya palidez era agitada por violentos espasmos respiratorios.

Haciendo acopio de toda la serenidad y controlando

todas las suposiciones que mi raciocinio exigía, me fui acercando a él sintiendo que la cabeza me pesaba el doble, pero fue ella quien, con prisa nerviosa, se acercó al cuerpo y lo observó detalle a detalle.

Está agonizando –me dijo casi susurrando-, tiene una enorme herida entreabierta en su costado.

¿Pero cómo? ¿De dónde ha salido? –fue mi estúpida respuesta.

El hombre continuaba ahí, absoluto en su forma, abrazado a su ignoto tiempo y dimensión, tan pálido que parecía estar cubierto por una fina película de agua de la cual emergía ya una necrosis avanzada, tumefacta en cada uno de sus miembros. Despedía un olor dulce y nada repulsivo que contrastaba con los lamparones café en las plantas de sus pies y con… la licuefacción orgánica que se alcanzaba a ver en la herida amarilla de su costado, una herida que iba desde la axila de su brazo derecho hasta la altura de la cadera. Y sin embargo, el hombre agonizaba cuando ya debería estar muerto. Emitía una débil queja que poco a poco se fue confundiendo con el zumbido de las abejas y mosquitos que iban llegando. Nos apartamos con asco, casi al límite del vómito y en ese mismo instante, el hombre se apretó más a sí mismo mientras sus quejidos se ahogaban, borboteantes.

La transparencia en que se había convertido su piel fue mostrando sus venas como una intrincada y vasta raíz que partía del pequeño tallo que comenzó a surgir de la herida. Iba creciendo con las últimas exhalaciones y, para horror nuestro, desplegó un par de hojas que se marchitaron de inmediato antes de que un fruto delicioso y maduro apareciera, inflándose de pronto como una burbuja roja y amarilla que por su propio peso y delicia cayó, desprendiéndose de la vida en el mismo segundo que el hombre dejaba de respirar.

## 3

En ninguna de las traducciones sobre la tentación –lo he investigado con mucha obsesión- se ubica el lugar donde hemos sido tentados a la disolución alguna vez. Sin embargo, en algunas consideraciones a pie de página de oscuros y vilipendiados sabios, se coincide que el sitio donde nace y muere ese segundo en que toda razón desaparece para dar reinado a la locura, debe tener una altura suficiente para abarcar de una sola mirada a las naciones, que debe soplar el viento como un desesperado que da respiración boca a boca a un cielo agonizante y que la lluvia, la lluvia entera, debe hablar alto, muy alto para escucharla en sus muchas lenguas, incluidas las muertas.

Aquella vieja imagen de Ctesifonte se encuentra en toda enciclopedia que se precie de sí misma. En ella, el hombrecito sobre la enorme bóveda se detiene en una contemplación infinita que hace dudar su caída. He arrancado esa página. Ya no existe más. He arrancado por igual el árbol.

Ya no hay tentación.

## La era Pre Schumann

Escarbar le hace bien a cualquiera. Los perros parecen más alegres después de hacerlo a fondo y, desde el fondo, sacar un pedazo de hueso o a veces una mano con todo y anillos. No es tan alegre esto. Miento. La gente termina dándole patadas al perro para que suelte la mano y éste se va por ahí pensando que podría encontrar más que una mano allá arriba, donde los truenos suenan más. Los perros creen que truena, pero se sorprenden cuando esperan la lluvia y no llueve. Yo sé que son plomazos y sé cuándo llueven más porque miro salir a Tuto ya con la tartamuda cargada gritándole a los otros que lleven más cargadores y estos le responden que ya no quedan muchos, ni balas, que el pokemon no les pasó nada más desde que por error le dispararan al otro gordo que lo acompañaba siempre. Los pokemones ya no llegan de este lado, así que nos quedamos sin abasto y de repente se nos pueden venir encima los de la Villa Unión y ahí sí que nos dan la rociada. Esos sí que tienen plomo porque los pokemones decidieron tranzar con ellos y así el gordo quedó vengado.

Ni modo. Desde que encontré un par de casquillos en el patio decidí seguir escarbando y los he ido guardando en la caja de los fierros. Hay de todo tipo de calibre, del tipo que Tuto me dice que hubo hasta en tiempos de mi bisabuelo, o sea que la balacera no escampa, como dice mi mamá. Lleva años y años el temporal. La otra vez vi una película donde funden cobre y bronce de desperdicio y hacen bolitas que luego utilizan para el tiro al blanco en las ferias. Si eso hacen para botar soldaditos de plástico entonces bien se pueden hacer bolitas más grandes, o balas hechas y derechas mejor, puntuditas y brillantes para botar payasitos de carne y hueso. Ya llevo como cuatrocientos de esos casquillos y no se los daré a Tuto hasta que tenga muchas y la idea de fundirlas sirva.

Cuando Héctor me contaba esto, siempre, de manera repentina, se detenía, atrapado por cualquier sonido que viniera de la calle. Olvidaba que le había dado permiso para ver televisión en la sala de la casa -la mejor manera que encontré para conocer de cerca la enorme violencia que lo rodeaba en la suya- y se quedaba en el zumbido de un carro que cruzara a toda velocidad o por el silbido del viento en los árboles. ¿Qué es eso? me preguntaba sin dejar de dirigir su oído en dirección al sonido. Un carro. El viento en los árboles, le respondía, pero él negaba con necedad y me preguntaba de nuevo. ¿Qué es eso que vibra? Insistía. Debo decir que empecé a sospechar que Héctor sufría alguna especie de trastorno auditivo o un autismo leve. Así de rápido como había dejado de contarme de su vida en su colonia, así de rápido regresaba a la televisión y seguía mordisqueando el sándwich que le había preparado para que repusiera fuerzas del corte de grama por el que le pagaba unos pocos billetes. El mes pasado, aprovechando que fui hacia la cocina a buscarle un refresco, se acercó al televisor y pegó su oído al aparato. Así lo encontré y no demostró ninguna sorpresa cuando le pregunté qué hacía. Es la vibración, me dijo, es la vibración la que suena más alto de lo que hablan los actores de la película. Se escucha por todas partes, a veces más bajo, a veces más alto. Héctor, le dije, no es otra cosa más que la electricidad. Pero él quedó en silencio y regresó al sofá. Ahí hace falta algo, me dijo, la gente solo habla, se mueve y ya, hace falta algo, está vacío. Quedé viendo la escena y no eché en falta nada.

Ahora que volvía a preguntarme lo mismo lo dejé solo un rato y tomé una vieja enciclopedia de mi biblioteca. Vibración: es la propagación de ondas elásticas produciendo deformaciones y tensiones sobre un medio continuo; en la antigüedad, se entendía como la acción que confería característica al tono del sonido. Me repetí la palabra "tono" y no me sonó a nada. Héctor me interrumpió porque había decidido marcharse. ¿No terminarás la película? Le pregunté. Debo regresar ya, el aire se está llenando de zumbidos y eso a veces es bonito y a veces no porque ya sé lo que viene. Le grité preguntándole qué cosa es lo que venía y él, antes de doblar la esquina me dijo: ¡balas!

## 2

La hierba ha crecido demasiado, escribo en mi diario. Dos inspectores de salud llegaron ya con sus amenazas de multa firmadas por la autoridad en zancudos y he tenido que prometerles la limpieza para mañana. No he querido cortarla yo mismo por darle espera a Héctor y que él se lleve a casa unos cuantos billetes, les digo, pero ya van dos meses y Héctor no asoma por ningún lado. Se aprestan a retirarse con sus papeles y su uniforme de mal gusto no sin antes pedirme agua. Miran por ahí mientras les sirvo y ven que los libros están abiertos en temas extraños acerca del sonido y la dinámica del viento. ¿Le gusta la aerodinámica? Me pregunta el que parece un viejo científico en desgracia. Estoy curioseando sobre ello, sí, le respondo con cautela.

-Hay un viejo dicho -me mira a los ojos sin dejar de tomar agua-, si con el viento te metes él te llevará… tenga cuidado.

La sentencia no fue tan discreta y el ronroneo del otro tipo era más de sospecha que de satisfacción de gato. Cerré los libros y les dije que debía a hacer algo, que por favor me permitieran continuar. Los dos salen y ven por última vez la maraña de abrojos que ya se cuela bajo el dintel de la puerta. Una vez se han ido regreso al tema y veo largo rato una ilustración de un túnel de viento para prueba de naves para pasajeros. Las líneas se ondulan y crean tirabuzones en torno al cubo reluciente, bajan en toboganes y se deslizan, en una sola dirección, sobre la superficie angulosa. El pie de foto dice que esta prueba busca detectar dónde se dan las nefastas vibraciones que incomodan a los usuarios de estas nuevas naves anti-gravitacionales. Veo las líneas del viento, las recorro con la yema de mis dedos. Subo, giro suavemente sobre la imagen. Hay una fluidez con solo tocarlas, una especie de sensación que no había sentido. ¿Un *rih'km*? ¿Se le llamaba así a esto? Me gustaría viajar en una de esas cosas, pienso ¿se escuchará algo adentro? Digo, ¿se escuchará realmente al viento creando sonidos extraños?

Estoy en esa reflexión cuando escucho el grito de un niño que se ofrece para cortar la pequeña selva de mi porch. Me suena a Héctor, pero no es él, es otro de los niños que van y vienen para el mismo trabajo. ¿Conocés a Héctor? Le pregunto. Me preocupa que ya no viene. He estado escuchando todas las noches la balacera que viene en dirección del barrio donde vive.

-Sí, lo conozco -me dice con un mohíno de hastío-, todos los conocemos. Se la pasa escarbando y ha dejado de trabajar en esto porque ahora Tuto, el hermano mayor, lo obliga a estar escarbando en la casa.

- ¿Entonces está bien? -le insisto queriendo sacarle más.

-Muy bien, sólo que se ha vuelto bien aburrido. Se la pasa yendo a las tuberías de agua que cruzan hacia el cerro. La vez pasada lo seguimos y estaba con la oreja pegada a la tubería. Le preguntamos qué escuchaba y nos dijo que escucháramos. Yo pegué mi oído y nada, pero él hasta cerraba los ojos y se reía. Luego empezó a hacer sonidos raros con su garganta y nos dio miedo así que lo dejamos. Ahora hace ese sonido raro de las palomas todo el tiempo y ya no juega, sólo funde y funde, pero Tuto sí que está muy alegre con él.

Convencido que Héctor no vendrá por un rato más, le pido al niño que me corte el monte. Mientras lo hace, el machete no deja de tener un rih… *rih'km*… continuidad -pienso- mientras aguzo el oído. La misma respiración de Marvin al doblarse -que así se llama el niño-, hace una combinación con el sonido del machete que hasta ahora sólo logro identificar como dulce y que, sin dilación, me obliga a dirigir los ojos a uno de los libros más viejos que guardo en mi biblioteca personal. *La tierra antes del Schumann*, se llama. Lo compré por motivaciones puramente coleccionistas más que como lector, cuando estaba entrando a la universidad hace veinticinco años y tenía una fascinación por los textos con olor a tabú. Su pasta ya casi se evoporaba, pero aún se lograba ver el cuidadoso corte de las imprentas que intentaron mantenerse fieles a las ediciones del siglo XXII. Ya era suficiente el hecho de tenerlo como curiosidad para amigos que llegaban a referirse a ese siglo como el causante de todas nuestras desgracias. Voy al prefacio y leo:

"Las viejas aprehensiones que motivaron a generaciones completas siguen en pie. A pesar de las prohibiciones impuestas a quienes intentan escudriñar lo que fue la humanidad previa a la aceleración en la rotación del globo terráqueo, muchos seguimos intentando explicar la sensación de angustia ante el vago conocimiento de que algo se perdió para siempre en una sola pulsación cataclísmica, pero invisible. Este libro pretende acercar a los interesados, a una época que se irá reconstruyendo sólo con un enorme esfuerzo de la imaginación -y la difícil investigación fragmentada en las fuentes más insólitas del planeta- ya que, las referencias a ella apenas subsisten en algunos rasgos arquitectónicos -ya resulta bastante arriesgado el sugerirlo- desde que se instauró para siempre, hierática y funcional, la escuela neo-breznevziana. Esta teoría del espacio urgente habitable, que muy pronto pasaría a traspalarse a la moral y a la jurisprudencia, ha dado a las ciudades un pequeño giro urbanístico que sigue causando repulsa a diferentes autoridades de la planificación PosHerz, mismas que, a pesar de todo, han consentido la construcción de algunas edificaciones donde lo curvo -prohibido durante tanto tiempo- emerge con fugacidad inquietante entre las invariablemente cúbicas ciudades. El Palacio de los Deportes puede ser un ejemplo de ello: vasto y laberíntico en la cancha de juego, se orienta hacia el sur en una micro curva que los arquitectos quisieron disimular alargando la bóveda hasta el límite. ¿Pero cómo llegó a trastocarse toda pulsación creativa en la arquitectura? ¿Qué sustentaba, antes del Schumann, todo la variedad y fluidez que se dice tuvieron, hace siglos, las ciudades de la humanidad? Necesitamos, para refrescar nuestra memoria, saltar hacia ese momento crucial.

Una vez que la Asamblea Global del Pulso Fijo determinó que todos los relojes de la tierra debían fijarse en +24 Hz de resonancia, el día se instituyó en ocho horas útiles de sol y ocho de pausa nocturna. Dentro de las pocas certezas que disponemos anterior a la inestabilidad de la resonancia terrestre, es que, durante muchos siglos, el planeta sostuvo 7.2Hz en cada una de sus pulsaciones hasta el momento de lo que se le llamó el *Gran Cortocircuito*. Al cabo de unas décadas, la resonancia se elevó a 12Hz y la humanidad se vio de pronto sintiendo que los días no le ajustaban y se debió acelerar la capacidad productiva al igual que todas las actividades derivadas de ella. Llegó el momento en que semejante *rih'km*[1] fue pervirtiéndose y dio lugar a la creación de la ley anti-ocionominon que definió, por su impacto, las nuevas relaciones sociales y el despunte de la violencia infinita que, aún, hoy padecemos. Aquello que nuestros antepasados llamaron *mhúxik'h*[2] desapareció para siempre en una vertiginosa polifonía hasta no quedar ningún rastro de lo que significó para aquellas sociedades, ni cómo se producía, extraía o construía. No sabemos, en realidad, cuán importante fue para el ocionominon. Este libro, por lo tanto, pretende crear un incentivo a la voluntad de conocimiento de aquellos que quieran retroceder hasta la época pre-Schumann y no contentarse, simplemente, con el dogma neo-breznevziano.

Por un largo rato, quedé observando el libro en toda su cuadratura. En lo más profundo de mi ser sentí un leve zumbido que aleteaba como polilla en la oscuridad de mis entrañas. Cada una de las cosas que me rodeaban

---

1. La etimología de esta palabra es aún incierta. Las nuevas investigaciones sugieren que pudo utilizarse para señalar continuidad.
2. El uso de esta palabra corre bajo su riesgo. La ley anti-ocionominon la prohíbe en sus numerales 74 y 89. La transcripción es una aproximación al fonema como debió escucharse en la segunda década del siglo pasado.

eran cuadradas y solo los cobertores de mi cama ondulaban un poco. En ese momento, toda mi rutina diaria vino a mi mente con fuerza de revelación. Me levantaba y trataba de que cada cosa estuviera en su lugar correcto, me levantaba y salía lo más pronto hacia mi oficina de mediocre revisor de pruebas de tránsito y, como todos, regresaba rápidamente a ocultarme de los balazos que podían encontrarme sin ser yo su cuerpo deseado. Era eso durante años y años. Una tarde -tan breve como todas-, vi como la policía se llevaba a rastras a un tipo que golpeaba unas tapaderas de basura con una frecuencia insólita. El aluminio no sonaba tan mal, debo decirlo, y así nos lo dijimos quienes quedamos ahí, paralizados en la esquina hasta que el asunto pasó. Con el libro sobre la vieja historia del *Schumann* sobre mis piernas encendí el televisor y vi con suma atención la escena que se desarrollaba. Unos hombres saltaban sobre el lomo de sus caballos y atravesaban una pradera. El sol se ocultaba con acelerado efecto y apenas rozaba con su naranja crepuscular el rostro en primer plano de los jinetes. Éstos decían algo y luego regresaban caminando hacia el lugar de partida, conduciendo a los caballos por las bridas. La polilla dentro de mí emitió una especie de sonido que llegó hasta mis cuerdas vocales. Me encontré de pronto intentando un silbido que acompañara la escena que miraba, la dilatada mirada que los jinetes dirigían hacia el crepúsculo. Estaba tan pegado al televisor que yo mismo me asusté al entrar los comerciales del tipo que no se mueve y habla de las masacres ocurridas.

La escena estaba vacía -me dije-, era demasiado vacía,

le hacía falta un silbido, le hacía falta, sí, eso que prohibieron y que se llamó *mhúxik'h*. Héctor tenía razón, él percibió eso y yo lo he tomado como desvarío. Tenía que ver a Héctor esa misma tarde y contarle lo que pensaba y que además me contara qué cosa escuchaba en las tuberías. Estaba exultante, no paraba de reír y así en dirección a la colonia donde me dijo Héctor que vivía, no muy lejos de mi casa, pero sí con todo el riesgo que aquello se me saliera de las manos y cayera en una infracción grave ante las leyes anti-ocionominón vigentes.

Apenas llegué a la cuesta de entrada a la colonia de Héctor, a unas cinco cuadras de mi colonia, escuché que allá arriba estaban en su peor momento de combate. Las trazadoras ya comenzaban a resplandecer con mayor intensidad así que me alarmé porque significaba que la tarde se iba acabando con demasiada rapidez. Decidí subir metiéndome a la cuneta y, muy pegado al muro, alcancé a llegar a la esquina de unas pulperías destartaladas desde las que unas mujeres me gritaban que me agachara. Bastante obediente, me tiré boca abajo y ahí estuve hasta el momento en que frente a mis ojos se plantaron un par de tenis. Subí la vista y ahí estaba la ametralladora con su ojo curioso palpándome la frente. ¿Y vos quién sos? -me gritaba el tipo- ¿sos pokemon o qué ondas, basura? Me puse de rodillas y le iba a explicar que buscaba a un niño que siempre me va a cortar la grama a la casa pero que ya no llega y, en ese momento, miré que Héctor venía corriendo hacia donde estábamos y le gritaba a Tuto que yo era amigo de él, que no me hiciera nada. ¿Estás seguro de que no es un pokemon? Le gritó Tuto a Héctor y éste se lo juró. Tuto me agarró por el cuello de la camisa y casi me arrastró hacia un callejón. Atrás venía Héctor con una caja vacía de municiones, recogiendo las cápsulas que iba encontrando a su paso. Llegamos a una casa asentada en lo más alto de la zona y ahí me metieron.

La casa estaba hecha de ladrillo y madera vieja, con sacos de arena en las ventanas, pero con todo lo más novedoso en entretenimiento familiar. Varillas acústicas en las esquinas, Xunxi para dos gamers y córneas 0D con una enorme colección de insertores. Los muebles estaban rotos y una alfombra de plástico cubría el piso de cemento. Tuto estaba frente a mí y se asomaba con cuidado a la ventana. Ya oscureció así que ya se jodió, me dijo. Héctor le dijo en ese momento que yo era el profesor -así había deducido por los libros que miraba en mi casa-, el que siempre le daba permiso para ver tele y pagaba bien. Sí -aproveché a intervenir-, estaba extrañado que Héctor no regresara y he oído, y así lo veo, que aquí la cosa se ha puesto cruda. Me preocupé mucho. Tuto me miró un momento y me dijo que Héctor ya no iría a cortar grama, que ahí se le necesitaba, aunque un día de estos le iba a dar una verguiada por necio. Mire a Héctor que bajaba la mirada en dirección al otro cuarto. Afuera se escuchaban detonaciones cada vez más lejos, como si la furia retrocediera. Profe -me dijo Héctor-, ya que está aquí quiero enseñarle lo que encontré escarbando.

Ya te dije que esas mierdas las vas a tener que hacer balas -le gritó Tuto-, ya aquí no hay espacio para pendejadas. Héctor me pasó a la otra estancia, que no era más que una galera que habían hecho en el patio, pegada a la pared del cerro. Un gran nylon negro manchado de lodo cubría la mayor parte del suelo así que no pude distinguir de lo que se trataba.

Yo seguí escarbando para sacar más cápsulas -me dijo Héctor casi en susurros-, pero me encontré con estas cosas que no sé qué son, pero me parecen bonitas. Tuto me dijo que las fundiera y fundí algunas, pero cuando fui encontrando más bonitas y diferentes le dije que ya no, que mejor me iba detrás de él cuando pelearan los de la Villa Franca contra los de la Villa Unión y así recogía las cápsulas de la tirazón, pero que no me tocara los huesos, porque tienen que ser huesos, nada más que de bronce como las cápsulas, y si se les pega con otra de las mismas suenan bonito, como que algo me tiembla adentro cuando lo escucho, como que zumbara desde adentro.

De eso te venía a hablar, iba a decirle cuando él se adelantó y descubrió lo que el nylon ocultaba. Ordenados escrupulosamente, decenas de piezas indistinguibles a primera vista se retorcieron y congelaron en mis ojos. Leves destellos áureos se regaban a ras de suelo como si aspiraran a ser el tesoro más incógnito jamás descubierto. Las líneas se doblaban y luego se rompían en lo que parecía ser un tubo o vaso o copa; codos partidos, pequeñas cañas refulgentes y a la vez sumergidas en el óxido de la tristeza más extraña. Una serie de cuerdas metálica hacían de ovillos junto a una especie de costillares diminuto. Placas completas que parecían haber sido martilladas con locura presentaban una serie de orificios que ensamblaban a medias con otra rotura inescrutable. La columna de un pez antiguo del largo de un brazo, los filamentos brillantes de un insecto inmenso, las abolladuras de un omóplato nebular ¿qué maravilla o trágica armazón era esta? ¿Cómo llegó a descoyuntarse semejante asombro? En un brevísimo lapso creí ver el cuello de un cisne y a la vez, atravesándolo, un brazo de pulpo con sus esporas metálicas abiertas para siempre. Válvulas de corazones extraterrenos, cuencas vacías desde donde tuvieron que mirar los ojos menos probables, esternones con clavijas… y las patas circulares a manera de ventosas al extremo de fémures plateados. ¿Dónde, dónde encontraste todo esto? Fue lo único que pude preguntarle a Héctor y éste, con una sonrisa de arqueólogo al fin reconocido, me dijo que una mañana que fue a escuchar los tubos de agua grandotes, tendido boca abajo sobre ellos y con la oreja pegada a los ecos que subían a la superficie del metal, empezó a escarbar sin quererlo, por pura maña de tanto escarbar y así fue que dio con la primera rótula y con uno de esos tubitos -me señaló una serie de tres tubos del largo de mis dedos sujetos entre sí por un remache- que sin saber que eran decidió fundirlos y Tuto le pidió más así que regresó y escarbó más hasta que se dio cuenta que eran cosas que no se podían fundir sin antes saber qué diablos eran pero que los pokemones rondaban muy cerca porque les dijeron que alguien estaba escarbando cerca de los tubos y que al rato era que querían ponerle una bomba y dejar sin agua la ciudad, pero no les iba a decir que era yo que estaba encontrando huesos, no, mejor lo fui haciendo de a poco cuando daba la octava hora y ordenándolos por su forma, emparejándolos, limpiándolos y peleándome con Tuto para que no los fundiera.

Sin poder despegar la vista de la ordenada cuadrícula de restos, le dije a Héctor que debía regresar a casa en ese preciso momento, que no dejara que Tuto le fundiera nada, que solo necesitaba ver unos libros para que supiéramos qué era aquello. Héctor se quedó parado en medio de su tesoro, con los brazos caídos a lo largo del cuerpo delgado, su camiseta de basquetbolista y su pelo cobrizo electrizado por la enorme sonrisa en sus labios. Sin escuchar a Tuto que me gritaba desde la puerta que a esa hora me considerara muerto, bajé el laberinto de casuchas sólo deteniéndome cuando la calle era barrida por las ráfagas de ametralladoras provenientes de la Villa Unión. Logré llegar a la cuneta y de ahí fue más fácil bajar por la cuesta y correr como si fuera a mí que se dirigían todas las balas. Tengo el otro libro, tengo el otro hijueputa libro, me iba repitiendo al correr, recordando que también guardaba una vieja enciclopedia de la ciencia ficción donde se ilustraban -¡vaya imaginación! me dije la primera vez que los vi- los instrumentos que provocaban el silencio y la pérdida de la realidad hace cientos de siglos en la civilización pre-Schumann. Oh madre, oh madre, me dije al abrir la enciclopedia y comprobar, con ligeras variaciones de formas que la imaginación del autor no alcanzó a acertar, que lo descubierto por Héctor no eran huesos sino instrumentos para el ocionominón *mhúxik'h* enterrados desde el mismo siglo en que la gran resonancia tuvo el cortocircuito y la locura del vacío acelerado engendró la violencia. Prefirieron considerar a la *mhúxik'h* como la causante del ocionominón violento y la *mhúxik'h* en sí, no daba argumentos para que se le protegiera. El *rih'km* ya no provocaba silencio. El *rih'km* era la mayor estridencia y sobreexponía la realidad, la calcaba con todo su martilleo y hacía recordar los días de 24 horas. Debía terminar o la *mhúxik'h* acabaría con la civilización. Así que, a pocos días de clausurarse la Asamblea Global del Pulso Fijo, se determinó que todo instrumento que indujera al ocionominón *mhúxik'h* fuera enterrado, destruido, fundido, al igual que cualquier indicio de su presencia en la cinematografía, radioemisoras, tiendas, ascensores.

Cerré la enciclopedia con mis manos temblorosas. El vacío estaba lleno, me repetía, en el vacío flotaba el viento y el viento era atrapado por esos instrumentos. La realidad pesaba menos con la *mhúxik'h* y esta, sin duda tuvo que ser bella para que se hiciera silencio en su presencia. Llenaba el aire, llenaba las películas de jinetes que cabalgan hacia un horizonte naranja. Héctor lo sentía y me había hecho encontrar mi *rih'km* prohibido. Debía regresar a la Villa Franca cuánto antes y contarle lo que había descubierto. Jamás había estado más feliz de que los días fueran tan cortos. Pronto amanecería y podría ir hacia allá antes que Tuto y camaradas se quedaran sin municiones.

Pero el día siguiente amaneció con balazos en lugar de alarma. Nunca había escuchado las detonaciones tan temprano. Era como esas tronadas que ocurren en sueño y que se van acercando a la cama haciéndote creer que llueve, pero en realidad es que te has orinado de un miedo oscuro tan real como una bala que atraviesa el techo y cae ya sin fuerzas, pequeño colibrí carnívoro, en tu almohada, justo al lado de tu cabeza. Tomé la bala y la observé espantado. Me levanté para colocarla sobre uno de los platos cuadrados de la cocina. Afuera el crescendo de balazos iba en aumento y, mientras comía mi desayuno, impaciente porque acabara la refriega e ir donde Héctor, hacía girar la bala con la punta de mis dedos. La balacera no terminó. Se mantuvo sin tregua todo el día, y el siguiente, y la semana siguiente. A Tuto se le estará acabando el parque, escribí desesperado, en mi diario. El gobierno declaró la intervención total de las zonas donde se incuban peligrosos terroristas que amenazan con cortar el suministro de agua de la ciudad. Temo por Héctor. Al fin escucho una disminución progresiva del tiroteo y asumo el imperativo de correr hacia la Villa Franca. Al final de la cuesta me encuentro con una de las mujeres que me gritaba que me agachara la primera vez que vine. ¿Busca a Tuto? Sí, le respondo agitado, y a Héctor. Corra entonces -me apresura-, la gente está yendo a ver por montones, pobre Héctor, pobre Héctor, y qué niño tan inteligente. Siento un escalofrío incontrolable y subo las gradas a toda velocidad. Muchos vecinos se agolpan a en la puerta de la casa. ¿Lo viste? ¿Lo viste? Se preguntan unos a otros. ¡Es hermoso, impresionante! Me abro camino a empujones y veo a Tuto sentado al lado de una cama. Llora, regaña, llora, insulta sin dirigirse a nadie de los que están ahí, sofocando con su aglomeración. Me acerco y veo a Héctor ensangrentado con un vendaje improvisado en su cuello. Agoniza, pero aún tiene la fuerza para señalarme hacia el patio. Eran grandes -me dice-, pero logré armar uno. Mírelo, profe -me dice con los guturales sonidos de sus cuerdas vocales destrozadas-, brillaban. Salgo al patio y ahí está lo que la imaginación de aquel niño de 13 años armó en medio del caos más terrible, el esqueleto de un animal de tres extremidades inferiores y dos superiores, todo lleno de costillas plateadas y válvulas, cables tensados como tendones y con su largo hocico abriendo sus labios circulares hacia el cielo, como detenido en un portentoso e inimaginable saludo al sol.

Hubiera querido decirle lo que en realidad era su descubrimiento, pero ahora entiendo el por qué en la antigüedad se necesitó tanto llenar el vacío con todo aquello que surgiera desde lo más profundo del ser; inundarlo todo, saber hacer de la realidad otra cosa.

Brillaban. Sí, Héctor. El animal se llamaba *mhúxik'h* y corría en manadas por las llanuras, haciendo resonar su viento de una forma maravillosa que ni vos ni yo podemos imaginar.

## Ángel interruptus

Algo debió pasar para que el mismo "espíritu de la verdad" que visitara a Descartes llegara a casa de Pilo y terminara revelándosele sin que el *ángel del talento, pero hasta ahí no más* pudiera evitarlo. Sí, el mismo que evita que seis mil millones de personas en el planeta tierra alcancen el nirvana esperado por todos alguna vez en la vida ¿Qué pasaría si en el mismo día todos nos reveláramos genios y gritáramos ¡eureka! en las calles? Cada uno con un invento de lo más necesario, cada uno con la novela más totalizadora, cada físico encontrando la fórmula única y rebatiéndosela al mismo vecino que siempre iba por ahí tan cansado de que su único objetivo el fin de semana fuera echarse el domingo entero en el sofá para ver cuatro partidos de fútbol de distintas ligas. Sería algo difícil de gestionar hasta para el mismo planeta tierra, un desbordamiento de intelecto peor que el de una mega llamarada solar. Por lo tanto, ese algo, debe ser detenido por el *ángel* que nos protege de la *descartendemia* apocalíptica: un breve suspiro, el despunte de la duda como un hierbajo que no alcanzamos a podar, la palabra que la abuela corta con un "dejate de divagar y andá a la pulpería por el mandado que te pedí hace ratos", cada estación a la que no bajamos, cada tachón en la última página del cuaderno de notas en el colegio; la rama que no quisimos probar con nuestro peso; el reflejo al que fuimos indiferentes cuando cruzamos por el túnel de la autopista; la súbita alegría al imantar el papel con nuestros dedos… tantos momentos cortados por el escrupuloso y auténtico *ángel* de lo *anti-genial*.

El caso es que Pilo se levantó de pronto de la mesa, en medio del almuerzo. ¿Qué mirás? Le preguntó Mónica que presumía de conocerlo a fondo luego de diez y siete años juntos. Papá ¿te pasa algo? Corearon sus hijas gemelas, Milli y Sue. Pero nada de respuesta, más que aquella que pone en alerta al ángel interruptus, delegado para darle seguimiento a alguien que ya ha dado indicios *descartianos*: ¡Esto debo de anotarlo! Pilo se fue directo al cuarto y dejó a su familia con la cuchara de la sopa goteando lentamente sobre el mantel, cerró la puerta con llave y abrió su laptop entre frases que, al otro lado de la puerta, con sus orejas pegadas a la madera, las gemelas no pudieron descifrar. La pantalla le iluminó los ojos a Pilo y él sintió la luz hecha brisa de mar. Comenzó a teclear, primero lentamente y luego a un ritmo cadencioso que desde el otro lado de la puerta las gemelas interpretaron como una carta a todo galope que papá iba a enviarle a la casera, siempre tan necia con el retraso del alquiler. Ah, entonces déjenlo tranquilo, les dijo Mónica a las gemelas, pero el ángel tomó un vaso de vidrio de la cocina y lo pegó a la puerta con suma cautela. Tlac tlac tlac *En la floresta del crepúsculo* tlac tlac tlac *cuando el escapulario del amanecer queda lejos* tlac tlac tlac *entretejo con bizarra ausencia lágrimas carmesíes...* el silencio también llegó de pronto, lo que dio tranquilidad al agente de las interrupciones. No pasará de esas líneas, se dijo, y volvió a recostarse en la poltrona que Pilo tenía en el porch, tomó un periódico e inició un crucigrama. Sin embargo, llegó la hora de la cena y Mónica llamó a Pilo para que fuera a la mesa y este le contestó a regañadientes que en un momento más saldría, pero el momento de comer no llegó y a media noche la preocupación y el sueño ya era algo que había sacado de quicio a todas. Le tocaron una vez más la puerta y Pilo les gritó que por favor dejaran que la sinfonía terminara, que lo que estaba haciendo era tomar notas, que era un dictado que no podía dejar de hacer. ¡Es como una fuga dulcísima! -dijo. ¿Pero no tenés hambre? La pregunta de Mónica quedó sin respuesta. Nos quedaremos en la sala, esto no me está gustando nada. Milli y Sue se fueron por los colchones y la mamá se fue a preparar un té de tilo para los nervios. Adentro del cuarto, Pilo ya iba por el cuarto libro terminado, si un libro puede ser tomado como tal, pero así lo gritó Pilo, y la reunión de vecinos que ya estaba abarrotando la sala dio su aprobación de panal de abeja que había llegado oliendo un polen nunca sentido en el barrio. ¿Qué hacés despierta tan temprano? Le preguntó don Armando a Milli que salió a sentarse, ya de madrugada, en las gradas frente a la calle. Nada, esperando otro libro. Mi papá está escribiendo libros como usted hace pan blanco en la panadería.

Don Armando se permitió pasar y Mónica le pidió que le ayudara a sacar a Pilo. ¿Está haciendo libros? Como loco, don Armando, desde ayer al almuerzo, le dijo Mónica. Pero se va a enfermar ¿No ha dormido? Nadita, por favor, tóquele la puerta. Don Armando llamó a Pilo con suma cautela. ¿Estás bien, Pilo? ¿Cómo van esos libros? Sin dejar de teclear, Pilo le dijo que jamás se imaginó tanta belleza saliendo de sus manos pero que estaba asustado de las genialidades que se le iban ocurriendo y transcribiendo. Pero ¿De qué tratan tus libros? El tecleado fue más fuerte: realmente no sabría decirle, don Armando, pero es poesía. Al otro lado se quedaron viendo. Ahhh, poesía. Es realmente serio lo que le está pasando -le dijo don Armando a los que llegaron a comprar el pan alrededor de las siete de la mañana-, lleva diecinueve horas seguidas escribiendo poesía. Así fue como llegó medio mundo a consolar y a animar a Mónica que, recostada contra la puerta, pedía a cada uno de los que llegaban que convencieran a Pilo para que dejara de escribir. Alarmado, el ángel miraba al prolijo Pilo desde una rendija en el techo. Tomó su libreta y anotó que ya eran ocho libros los que Pilo había archivado en la carpeta "sinfonías".

Va a ser difícil que lo paren -dijo el anciano Braulio, el zapatero, con su mejor gesto de sabio navajo-, yo no había vuelto a ver esto, pero hace muchísimos años el secretario municipal de mi pueblo hizo creer a todos que tomaba notas durante el cabildo abierto, y cuando el alcalde revisó los libros los encontró lleno de sonetos y cartas de amor a una tal Milagritos. Por supuesto que lo despidieron, pero el caso fue que no paró y casi se murió de hambre llenando cuadernos que salía a mendigar por las calles. Eso era triste de verlo, abatido, pálido y con palabras bonitas para todo. Cuando eso pega pega duro. Los vecinos se miraron entre sí. Dimensionando la memoria y sabiduría de don Braulio comprendieron, más por el conocimiento de que el propio zapatero no paraba de arreglar zapatos hasta muy entrada la noche, que ya esto era cosa de derribar la puerta. Daban las cinco de la tarde del segundo día y Pilo no había probado bocado ni tomado siquiera un vaso de agua. El ángel, con suma discreción, les acercó una barra de uña cerca de la puerta para que la usaran y cuando ya dos fortachones estaban en eso, Pilo les pidió paciencia. ¡*Fabricando fit baber, age quod agis*! gritó con sufrida voz de mártir ante los leones. Ahí comenzó a llorar Mónica hasta contagiar a Sue y a un par de perros de la calle que empezaron a aullar. La escena no tenía parangón en el barrio, era como un velorio al que se iban sumando versiones de las posibilidades que tendría Pilo con su arrebato de locura o de genialidad. Son la misma cosa, decían unos, en otros países anda siempre alguien a la caza de estos talentos, lo malo es que aquí nadie apoya el arte, un buen especialista en letras diría en un zas si esto es locura o genialidad. ¿Y qué tal que es novela? - se preguntaba una señora que casi nadie conocía por recién llegada al barrio-, si se manda lo que escribe a una televisora pues pronto vamos a verla en nuestras teles… y va a ser de esas novelas larguísimas, de un año entero.

A las once de la noche Milli, con su oído pegado a la puerta, pidió silencio porque le parecía que el teclear frenético había disminuido. Agolpados en torno a ella, como una ola que se suspende suave contra un malecón, acordaron entre susurros que ya parecía terminar, pero dos perros que estaban en el porch se enzarzaron de pronto en una fiera y ciega pelea, de esas que se meten a las casas y no prestan atención a los gritos ni a los escobazos. Pilo retomó el ritmo entonces y Milli se fue directo a patear a los perros que salieron lanzando aullidos lastimeros. Mordidas del alba, Entre tus fieros labios, La sonrisa mustia de las hienas, Brebajes de bilis, Alguna vez aullé tu nombre, Acerca tu oído al candado, Insomnio apasionado, Errabundo súbito, Mala espina del rosal y Sinfonía en bandolera fueron los títulos que Pilo salió repitiendo con los labios agrietados y una mirada de arrobo que dejó a todos helados alrededor de las seis de la mañana del día tres. Algunos vieron en él una especie de Lázaro que iba bendiciéndolos uno a uno mientras regresaba de las letras muertas, porque no podía ser síntoma de vida aquello por lo cual había atravesado, un arrebato que ahora hacía que Mónica, sentada en el suelo junto a sus hijas, lo viera como una especie de santo y le perdonara toda la angustia que le había hecho pasar.

Pilo se acercó a don Braulio y le pidió agua. Usted sabe, don Braulio, usted sabe. La mirada arrugada de don Braulio se apartó de la de Pilo y se fijó en el ángel que iba saliendo por la puerta de atrás, luego regresó lentamente a la mirada de Pilo y sin dejar de verlo le dijo que la fórmula era esa, no parar hasta que la aguja que costuraba la suela se atravesaba en el dedo. Búsquenle agua a este muchacho, ordenó. Sue llamó al hospital y allá estuvo Pilo recuperándose dos días. Los estragos físicos que había producido el haber escrito diez libros de un solo impulso fueron anotados escrupulosamente por el ángel interruptus, quien fue reprendido con dureza, como suele sucederle al tripulante displicente de submarino que no presta atención a la salpicadura que se filtra en el casco y que por sí sola, contiene todo un mar que espera inundar la nave. De los estragos que los diez libros pudieron provocar a la literatura, ya sea como gesto revolucionario o como demostración de la absoluta puerilidad en que puede caer la creación se hablará en otro momento. Discreción con esto último, ha pedido el jefe de la Dirección de Interrupciones.

# INDICE

Impreso en Estados Unidos
para Casasola LLC
Primera Edición
MMXXI ©